KB212197

마스다 미리 만화 에세이 · **이소담** 옮김

북포레스트

시작하며
05

01 란포의 튀김
06

02 하와이안 버거
10

03 고급 나폴리탄
14

04 필리핀 '포크 하모나도'
18

05 반값 피자
22

06 다코야키와 무알코올 맥주
26

07 규메시
30

08 금욕의 버거
34

09 콜리플라워 라이스?
38

10 폴란드 '피로시키'
42

11 그라코로
46

12 간사이식 덴신항
50

13 급식 시간
54

14 '너는 천연색'의 맛
58

15 마파두부로 재확인
66

16 대단한 앙버터 빵
70

17 갈비 도시락
74

18 불요불급 외출 금지 냉동 빵
78

19 타이완 모드 '루러우판'
82

20 오노미치 비빔면
86

21 각색 샐러드 피자
91

22 스웨덴 '크롭카카'
96

23 멕시코 '타코'
100

24 이름 없는 요리
104

25 긴자 웨스트 아오야마 가든
108

26 순무 수프와 밀크 스틱
112

27 수박 샌드위치
116

28 유명한 가게의 스파이시 카레
120

29 팝오버!
124

30 서서 먹는 소바
128

31 구찌 레스토랑
130

32 돼지감자 수프
134

33 럭셔리 프렌치 런치
138

34 미술관에서 런치
142

35 송로버섯이 들어간 샤오룽바오
146

36 작가가 다닌 가게
150

37 퍼스트 클래스 런치
152

38 타누키 우동
156

39 햄버거의 양식미
158

40 철판 나폴리탄 in 나고야
162

41 호텔 뉴 오타니 런치 뷔페
164

42 마이센 본점에서 뭘 먹지?
166

43 도라야에서 런치
170

마무리하며
172

시작하며

잡지 《소설 현대》에 『런치의 시간』 연재를 시작하고 얼마 지나지 않아 전 세계가 신형 코로나바이러스에 휩쓸렸어요.
언제 끝날지 모르고 '스테이 홈(일본에서 코로나 유행 중에 외출을 자제하고 집에 있으라고 지시하며 썼던 슬로건 – 옮긴이)' 하던 시간. 다른 나라의 요리가 그리워서 스웨덴 요리를 만들고, 화상 영어 회화에서는 필리핀 선생님에게 필리핀 요리를 배우고. 집에서 먹는 런치의 시간이 이어졌습니다.
그래도 시간이 흘러 흘러 책 후반부에는 런치를 먹으러 차츰차츰 외출할 수 있었답니다. '마이센 본점'에서 따끈따끈한 안심 돈가스 샌드위치를 먹고, 나고야에서 철판 나폴리탄을 먹고, 교토에서 타누키 우동을 먹었죠.

'먹고 싶었던 음식을 먹는 건 자그마한 행복 같지만 아주아주 자그만 것은 아니다. 오히려 아주아주 큰 행복이지 않을까?'

이렇게 생각하는 제가 있었답니다.
내일 런치로 뭘 먹을까? 이 책을 읽고 여러분이 먹고 싶은 런치를 상상하신다면 정말 기쁠 거예요.

마스다 미리

01

두둥

란포의 튀김

여기 인가요.
호오오

네, 여기 입니다.
편집자

진보초에 있는 튀김 가게 '덴푸라 하치마키'
들어 갈까요?
덴 푸

에도가와 란포도 이 가게의 텐동을 먹었다고 해요.
앞에 란포 사진이 있었어요.

저, 란포는 제대로 읽은 적 없을 거예요.

어려서 텔레비전에서 〈괴인 이십면상〉을 본 기억은 있는데,

좋아하는
작가가 먹은
음식을
먹는 거죠.
네

소년
탐정단이
나왔죠.
고바야시
소년이죠.

오래
기다리셨
습니다~
두
둥

저는
대학 연구실에서
란포를
연구했어요.

오~오.
새우가
세 마리.
새우가
조금 날것 비슷한 듯
처음 먹어보는
식감일 거예요.

다들 겐지 이야기만
하니까 "웬 란포?
너무 요즘 사람 아니야?"
라는 소릴 들었어요.

우앗,
맛있다!

그래서
여기에
오신 적이
있군요.

자꾸 이런
생각이 들었고

그런 이유로,
란포를 읽어보기로
했습니다.
란포

쉼표를
많이 쓴 문체가

『인간 의자』
왠지
위험해
보여.

텐동을
꼭꼭 씹을 때의
리듬감과
겹치더라고요.
입을
우물우물
할 것
같아.
하
하

읽기
시작했는데

가구 장인인 남자가
직접 만든 의자에
몸을 숨기고,

그 텐동을
먹은 사람이
썼구나~

순서가
반대인 것도
으아~
무서워~

거기 앉는 여자들의
신체를 즐기는

왠지 풍미 있는
독서법이로구나
호~

기괴한 이야기를
쫓아가는 한편으로

하고
책을 덮었습니다.
소설보다
먼저 먹는
런치.

그 맛있는
텐동을 먹은
사람이
이런
이야기를….
오~

괜찮을
지도.
하하

현실 세계와도 계속
연결하게 되어서
흠

02

두-둥

하와이안 버거

어느 겨울날.
추워~

너무 추워서
으아~
으아~

뭔가
여름 느낌의 런치를 먹고 싶어~

KUA AINA
그래서 하와이 분위기의 버거 가게에 들어갔습니다.
야자나무! 이거다

어서 오세요.
어디 보자~

고를 게 되게 많네.

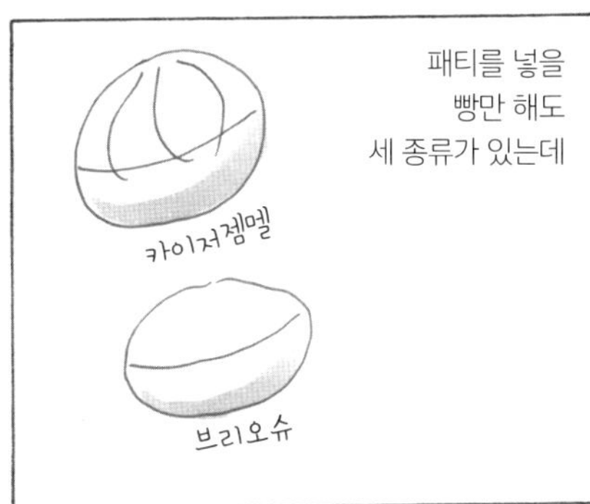
패티를 넣을
빵만 해도
세 종류가 있는데
카이저젬멜
브리오슈

식빵?
어라,
이거는….

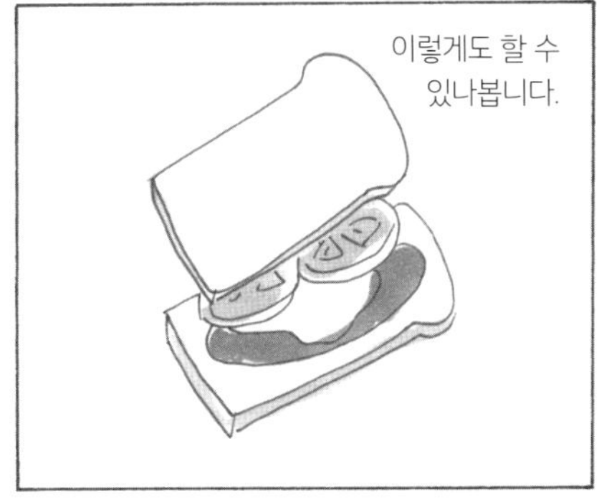
이렇게도 할 수
있나봅니다.

빵을
고르기만 했는데
해냈다는
기분이어서
브리오슈로
해주세요.

자리에 앉아
아보카도
토핑
깜박했다.

이런저런
후회를 했는데
파인애플도
좋은데.
하와이
느낌…

옆자리에
응?

노인 두 분이
오셨어요.
여기면
괜찮지

오래
기다리셨
습니다.

괜찮
으실까?
아마도
여기 버거
그럭저럭
커보였는데

두-둥
위쪽
감자튀김
햄버거
아래쪽

죄송해요.
물수건 두 개요.

대단
하다
오~

여기 제법
맛있어.
버거×물수건
귀여워~

봉투에
넣고
먹는다
위
아래를
맞물
려서

전에
딸이랑
왔어.
경험자!

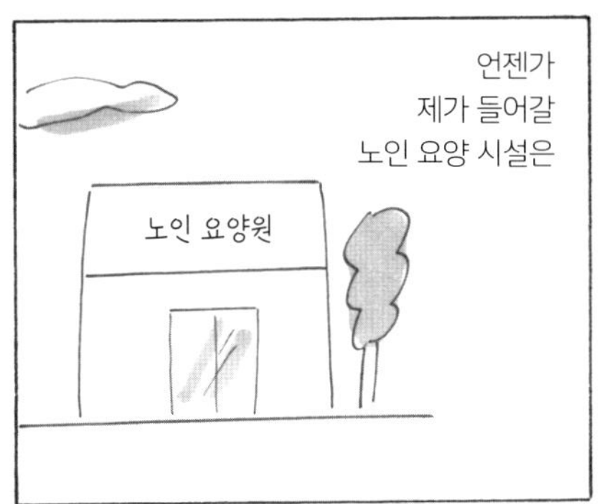
언젠가
제가 들어갈
노인 요양 시설은
노인 요양원

오래
기다리셨
습니다
음,
맛있다.

런치,
오래 기다리셨
습니다~
노노
간병

도시에
사는
고령자는
대단하다.
런치로
햄버거.

하와이안
버거예요~
기다렸어요

아니,
잠깐만.
우리 엄마도
저번에
맥도날드
갔다고
했지.

이런 일이
있을지도
모릅니다.
내일은
피자면
좋겠다~
노인 요양원

고령자=
일식이던
시대가
아니구나.

03

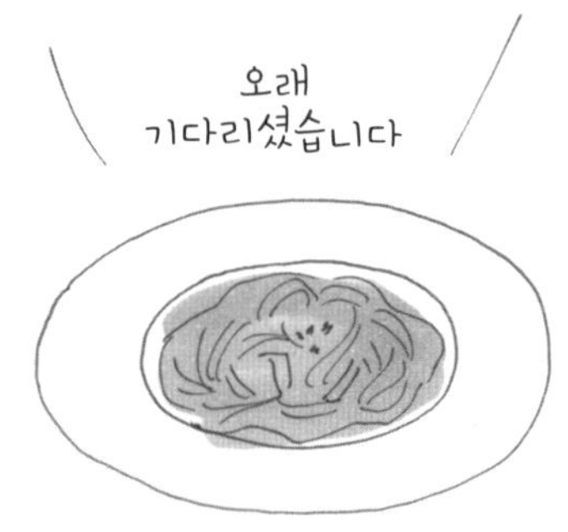
오래
기다리셨습니다

고급 나폴리탄

더 캐피탈 호텔
도큐 레스토랑
오리가미

오리가미의
뭐,
괜찮겠죠.
편집자

고급
나폴리탄(2,300엔)을
먹어보기로
했습니다.
닭새우가
들었을지도요~
하하

나폴리탄은
나폴리에 없는
요리라고
들은 적 있어요.

이래도
괜찮을까요?

괜찮을
겁니다.

지금은 돌아가신
할머니가 만들어주신
나폴리탄.
다 됐다

네.
일식일 거예요.

뭐가 들어갔는지
기억 못 하지만,
잘
먹겠
습니다.

나폴리탄

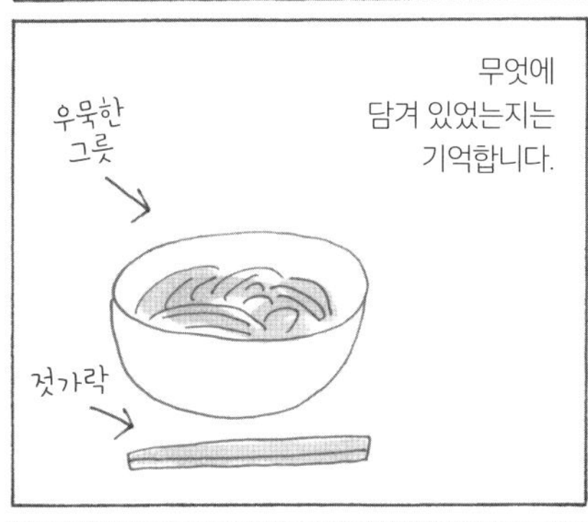
무엇에
담겨 있었는지는
기억합니다.
우묵한
그릇
젓가락

의 추억이
뭐가
있더라?

우동 같은 감각!

어려서부터 먹을
기회가 있었는데
강렬했던 건
없었던 것 같아.
응

이라는
따스함이
가미되어서
맛있니?

기름으로 미끈거리고
케첩으로만 맛을 내서
케첩범벅.

아,
나왔
네요.
정말 맛있는
나폴리탄이었지~

냉장고에 있는
재료를 넣었으니까

오래
기다리셨습니다

어묵 같은 것도
들어갔을지
모르는데

새우가
큼직
하네요.
오~
소스에 파스타가
가려졌어요.

'할머니가
열심히 만들어준
양식'

절약가인 할머니가
깨끗하게 보관했던
포장지와 리본.

포크와 스푼으로
먹는 나폴리탄은
처음이에요.
저도
그래요.
하하

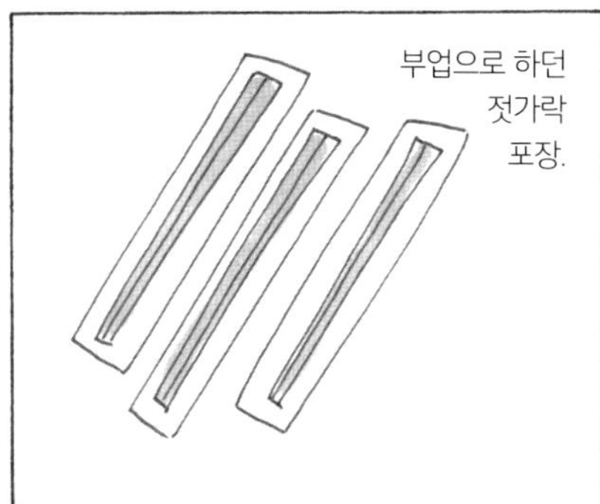
부업으로 하던
젓가락
포장.

음,
나폴리탄의
맛이에요.
우물

할머니의 부업
덕분에 1엔보다
작은 돈의
존재를 알았던
그날.
전이
뭐야?
모르니?
1전, 2전.

크리미한
나폴리탄
이네요.
베이컨과 양송이가
들어 있어요.
피망도.
맛있어!

할머니,
저 사치를 부렸어요.

할머니,
저 지금
고급 나폴리탄을
먹고 있어요.
우물

04

필리핀 '포크 하모나도'

이런
저입니다만
아, 시간이

생판 모르는 사람과
매일 수다를
떨고 있답니다.
시작
한다.
스마트폰

필리핀 선생님과 하는
화상 영어 회화예요.
헬로.

30분 정도 하는
수업이 전부 영어인데
하우
아 유.

제 수준에 맞춰서
천천히 말해주니까
유?

절반쯤은 이해한다고
멋대로 믿고 있답니다.
예스,
예스.

"오늘은 뭐 했어요?"라는
질문에는 둘 다
"계속 집에 있었어요."
그야
그렇지.

아주 유창하게
말하게 된
단어.
코로~나
바이러스~

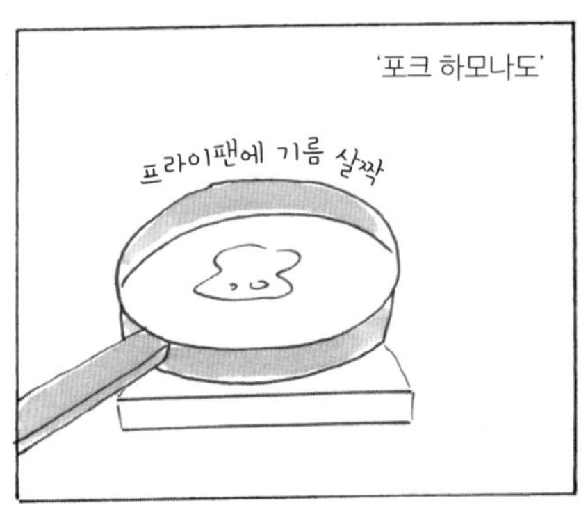
'포크 하모나도'
프라이팬에 기름 살짝

선생님이 키우는
강아지를
보여주거나

삼겹살을
굽고

키우는 완두 새싹을
소개하거나, 생각보다
즐겁답니다.
마이
가든.

일단 꺼내서
다진 마늘과
양파를 넣고

어느 날, 선생님이
필리핀 요리를
가르쳐주어서
흐음
흐음

어느 정도
볶으면 다시
삼겹살을
넣고

런치로
만들어보기로
했습니다.
좋아.

파인애플의
달콤하고
시큼한 냄새가
좋다~
하~

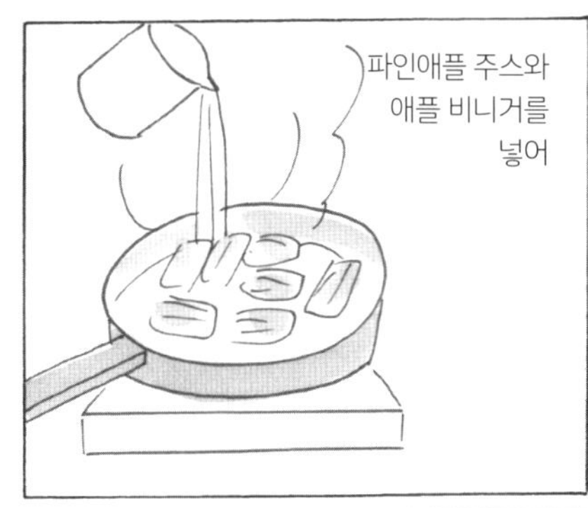
파인애플 주스와
애플 비니거를
넣어

과일
탕수육!
음~
맛있다

한소끔 끓으면
간장과 물을 넣어
한동안 푹 익히고

이국 요리를
먹으며
우물
우물

설탕, 소금,
후추로
간을 맞춰

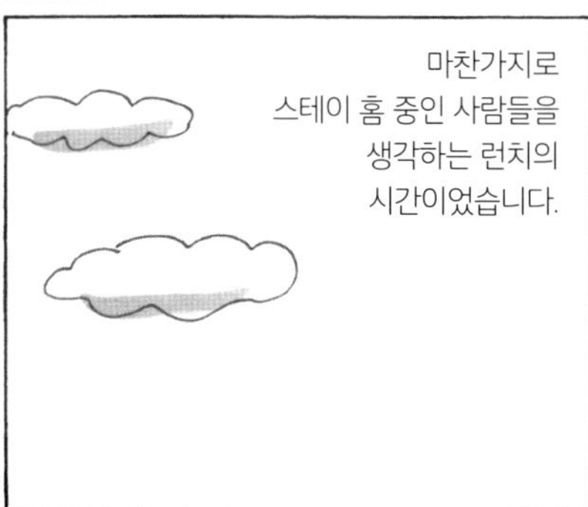
마찬가지로
스테이 홈 중인 사람들을
생각하는 런치의
시간이었습니다.

파인애플을
넣으면
완성이에요.

05

반값 피자

PIZZA

배달 피자 전단이 들어왔어요.
응?

포장은
반값?

같은 피자인데 가게에서 사면
반값….

그래서 전화로 주문하고 찾으러 가기로 했습니다.

예약한 마스다 입니다.
네

자전거를 타고 집에 오는 도중,
PIZZA

피자 상자는
아직 따끈따끈했는데
PIZZA

자전거
바구니에
피자를
담았다는
것은

영양을 생각해서
샐러드도…

세상 사람들이 보기에
지금 나는 '배달'
이라는 편리성을
선택하지 않고

이렇게 과감함이
부족한 면 때문에
잘
먹겠습니다~

'반값'에
눈이 멀어 달리는
사람이겠군.
사실이지만

피자 치즈가
이미 굳었습니다.
늘어나지
않는 치즈

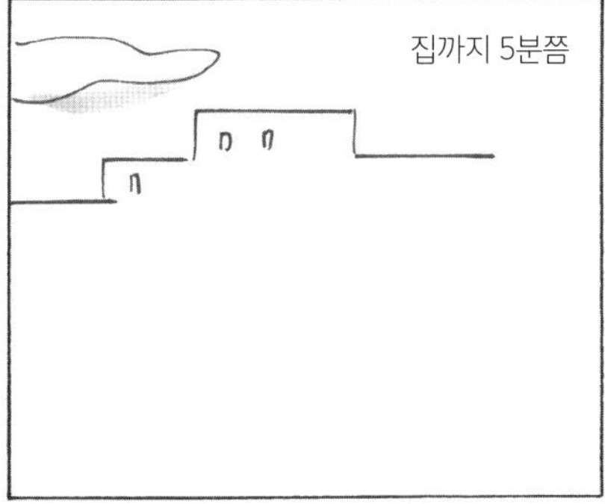
집까지 5분쯤

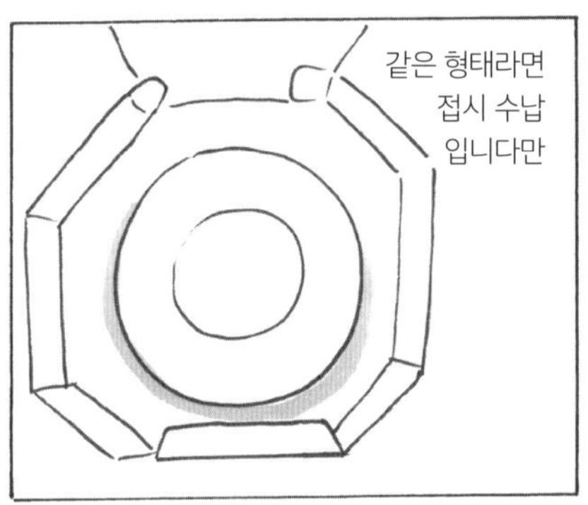
같은 형태라면
접시 수납
입니다만

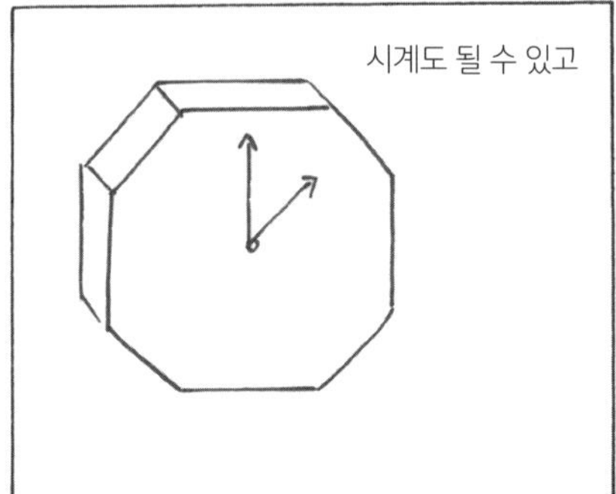
시계도 될 수 있고

랩 심지를 써서
미니 테이블이나
PIZZA

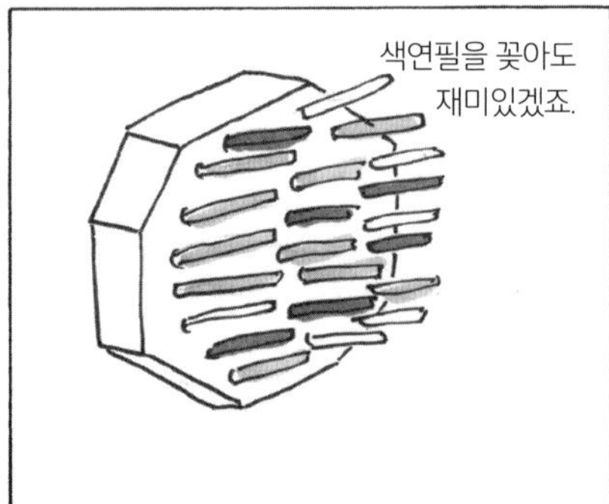
색연필을 꽂아도
재미있겠죠.

아무튼
피자 상자입니다.
PIZZA

이 상자를 쓰레기로
인식하기 전에
맛있
었어.
PIZZA

저는

소소한
공상 타임이
있어요.
이 상자에
뭔가
넣는다면.

초등학교
공작 시간
두근
두근.

빈 상자로
뭔가
만드는
수업.

로봇이나

트럭

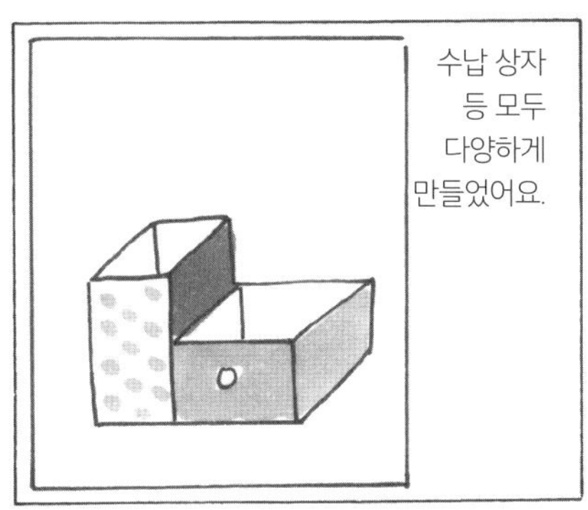
수납 상자
등 모두
다양하게
만들었어요.

저는 실용품을 만드는
아이였습니다.
맞아
맞아
PIZZA

이런저런
추억까지
PIZZA

작게
찢어서
버린다
오늘도 잘
먹었습니다.

다코야키와 무알코올 맥주

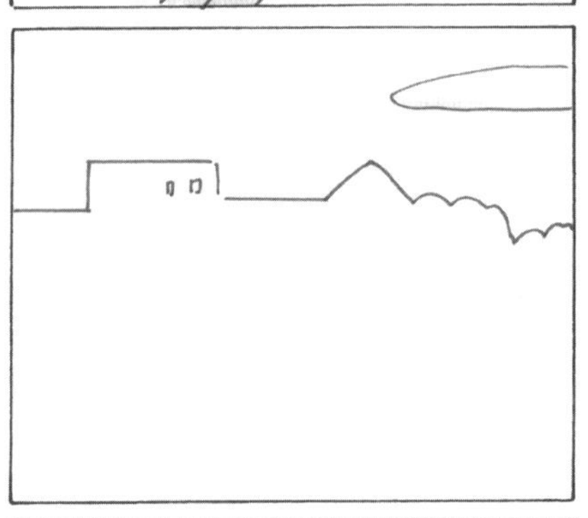

학교에서
돌아오면
과일이나
과자를
먹은 적
있는데
수박
있다.

간식,
다코
야키야~

'마침 있으니까'
라는 식으로
나왔을 뿐이어서
맞아
맞아

어려서
엄마가 이렇게
말한 적 없고
없지.

매일 정해진 시간에
간식을 먹는 시스템을

애초에
'간식'이라는 말을
집에서 쓴 적이
있기나 한지.
간식?

초등학교
학급 문고로 읽은
『도라에몽』으로
알았을 거예요.
비실이네
간식,
대단하다.

우리 부모님,
'간식'이라는
말을 했나?

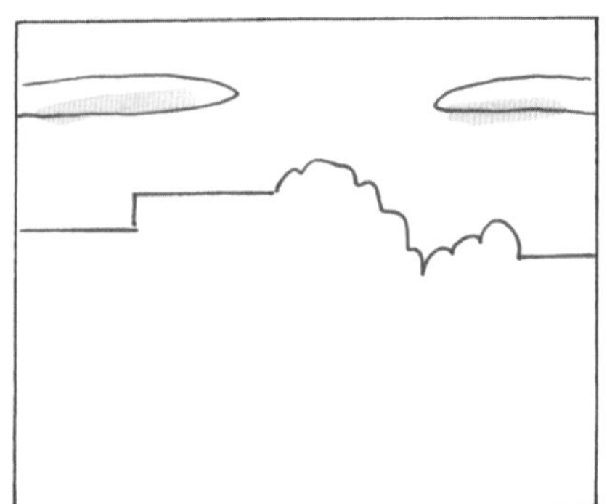

그러다가
나는 마침
어제 먹었던
바바루아가
생각나서
앗

사 온
다코야키.
다녀
왔습
니다.

어제 간식은
바바루아였어.

조금 식었으니까
프라이팬에
데우고

같은 반
남자애에게
말했더니
우리 집은
간식이 없어!

무알코올 맥주와
함께
잘
먹겠
습니다.

크게
감탄해서
멋쩍었던
기억이
있습니다.
대단하다!
…

* 다코가 문어라는 뜻이다. 다코야키는 밀가루 반죽에 문어와 파를 잘게 썰어 넣고 공 모양으로 구운 음식.

07

규메시

점심때가
조금 지난
상점가.

응?

마쓰야
규동이네~
테이크아웃
할까.

그러나 15년쯤 전에
요시노야에 갔던 뒤로
(아침까지 놀고
다섯 명쯤 우르르)

규동 가게에
들어간 적이 없어서

키오스크
사용할 수
있을까?

* 규동, 규메시 모두 소고기덮밥을 뜻한다. 마쓰야와 요시노야는 일본의 유명한 저가 소고기덮밥 체인점.

이 기계는
현금을
못 쓰나요?
할 수
있을걸요.

….
아,
고맙습니다

결국 자력으로
해냈습니다.
이제
돈을
넣으면
끝이야.

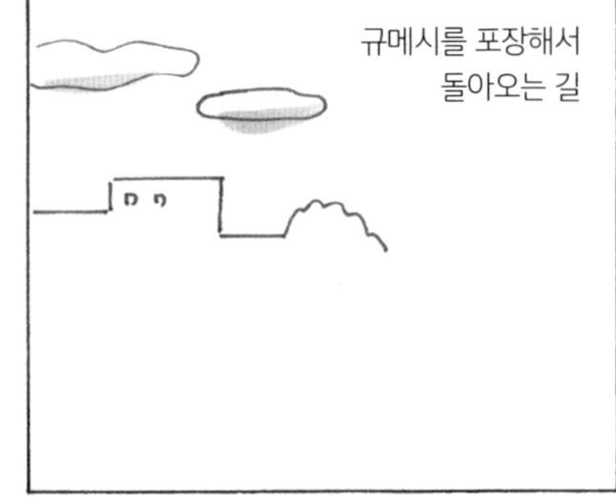
규메시를 포장해서
돌아오는 길

문득
생각했습니다.

내가 25살
정도였다면,

그 남자는
키오스크
사용법을
가르쳐줬을까?
훗

마스크를 써도
나이는 알 수
있으니까.
하핫

코로나가 아니었다면
그 사람은 포장이
아니라 가게에서
먹었을 테니
접점조차 없었을
사람이네.

아니지,
어쩌면 코로나가
아니었다면
그 사람도

아무튼,

아~
이건 말이죠

사람의 선의를 표현하기
어려운 세상이라고
실감하며

목소리가
친절했
으니까.
가벼운
마음으로
가르쳐
줬을지도.

규메시를
먹었습니다.
맛있다.
응

그나
저나

08

금욕의 버거

오랜만에
'모스버거'에
갔더니
모스버거
응?

메뉴
수가
엄청
났습니다.
전부
보는데
5분은
걸리겠다.
빤히~

숙고 끝에

'그린버거'
라는 것을
포장했습니다.
좋아.
보리차

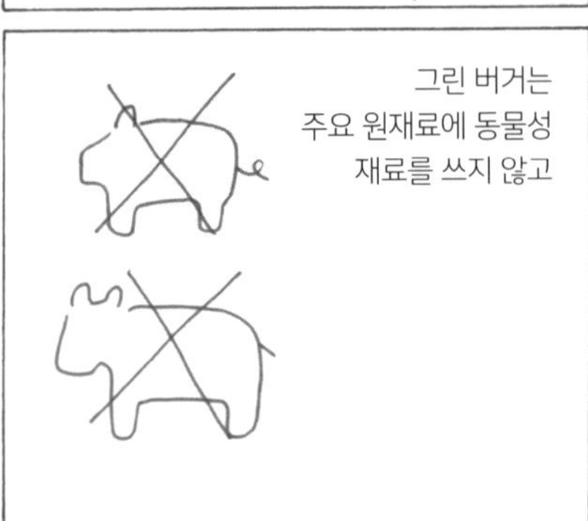
그린 버거는
주요 원재료에 동물성
재료를 쓰지 않고

채소와 곡물로
만든 버거로

콩
패티라고
말하지
않으면
모르겠어.
응,
그래도
맛있어!

심지어 오신채도
사용하지 않았다고 해요.
덥석
어디
어디

양도 많아서
배도 불렀어요.
그린
버거
괜찮네!
후~

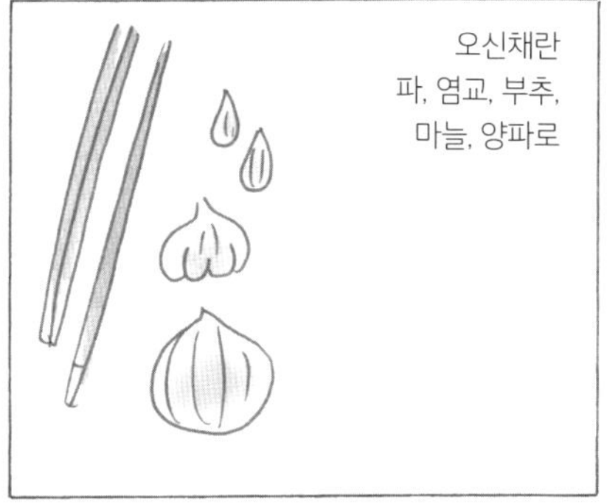
오신채란
파, 염교, 부추,
마늘, 양파로

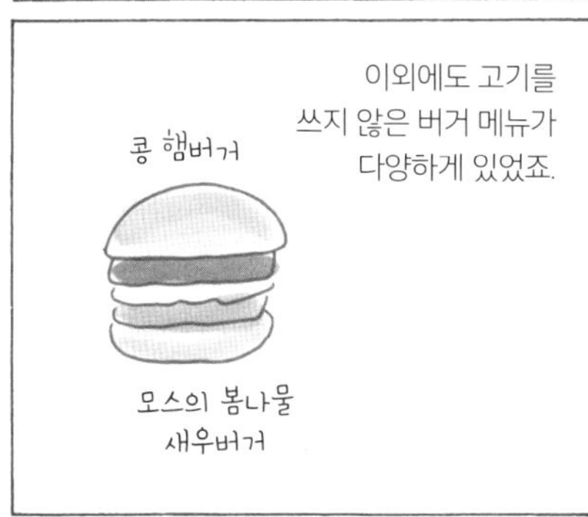
이외에도 고기를
쓰지 않은 버거 메뉴가
다양하게 있었죠.
콩 햄버거
모스의 봄나물
새우버거

불교에서 말하는
구취가 강한
다섯 종류의 채소.
불교에서는
금지하는
건가….
우물

모스
버거가
있으면
전 세계
사람을
초대할 수
있겠어.
응 응

왠지
엄청난
금욕의
버거네
….

주변을 둘러보니
어른들이
작은 테이블에서
버거를 만들고
있었죠.

그러고 보니
전에 JAL을 타고
핀란드에 갔을 때

평화
로워~
하
하
하

기내식으로
모스버거가
나온 적
있었어요.
오오.

라고
생각했던 것은
2017년 여름.

별도
용기에
담긴
양상추를
번에 넣고
어디,
다음은.

정말로,
평화로웠네.
훗

소스와 크림치즈도
직접 뿌리는데
이얏

엄청난 걸
생각할
지도.
아니,
그래도
모스버거는
도전 정신이
있으니까

코로나를 계기로

모스버거 in 젤리
in
모스

기내식도
달라
질지도?

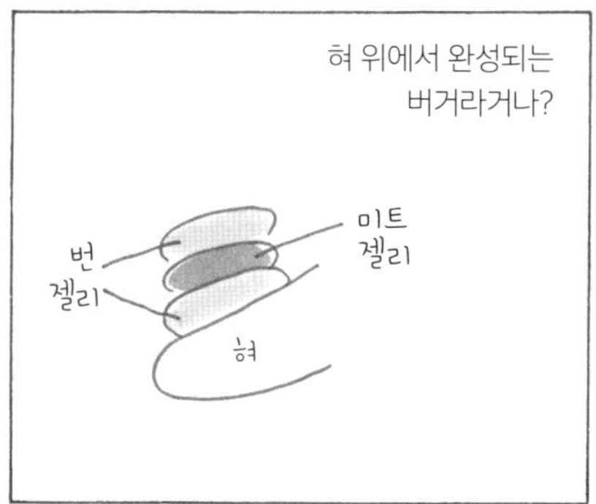
혀 위에서 완성되는
버거라거나?
번
젤리
미트
젤리
혀

젤리 음료처럼
된다거나?
in

아삭
아삭해~
이런 걸 공상하며
디저트로
스마트 파이를 먹은
런치였습니다.
일본 사과로
만든
애플파이

가능해.

09

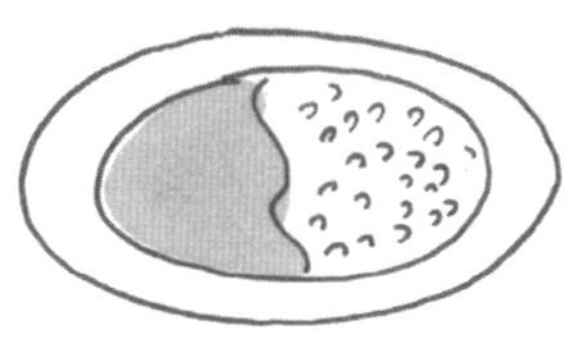

콜리플라워 라이스?

가게 밖에서
메뉴를 보다가
충격을 받았습니다.

밥 대신에
콜리
플라워?

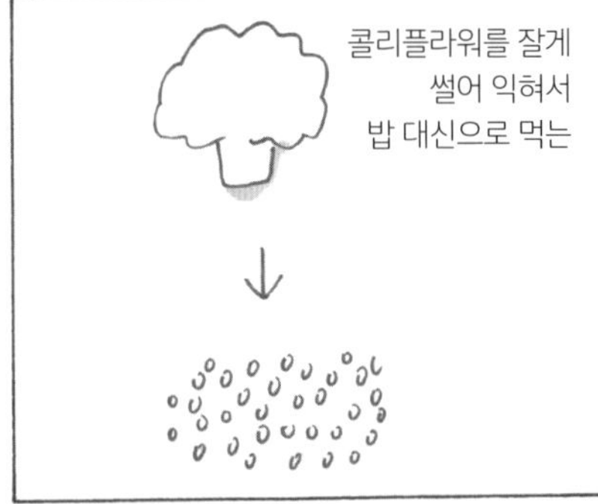
콜리플라워를 잘게
썰어 익혀서
밥 대신으로 먹는

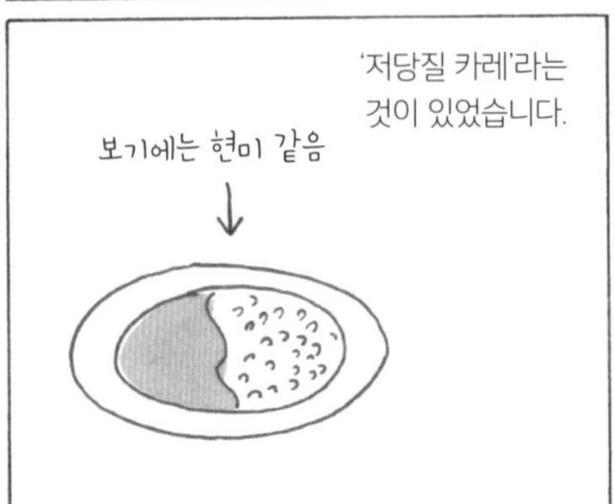
'저당질 카레'라는
것이 있었습니다.
보기에는 현미 같음

런치로
카레
먹고
싶어.

갑자기
생각이 나서
'코코이찌방야'에
사러 가기로
했습니다.
입이
완전
카레
기분.

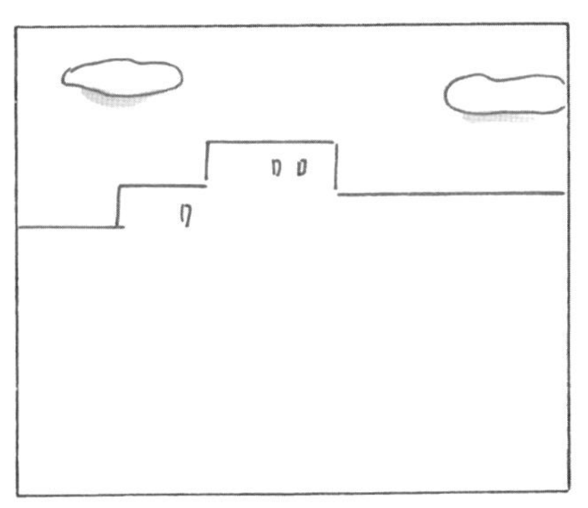

한동안
안 온 사이에
헬시 노선.
시대의 흐름을
코코이찌방야
에서
느꼈습니다.

잘
먹겠습
니다.

포장이요.
이렇게 됐으니
콜리플라워 라이스와
채소 카레를 주문.

쌀 같지
않아.
콜리플라워 라이스는
콜리플라워였어요.
하
하
하

헬시!
토핑은
'콩고기 멘치 가스'로
했습니다.

샐러드
감각!
응 응
응,
그래도
이건
이것대로
맛있어.

그래도 지나가는
사람들은 나의
헬시 초이스를
모르겠지….

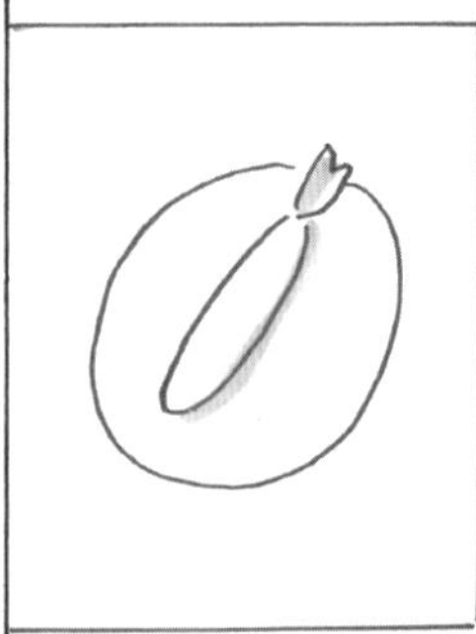

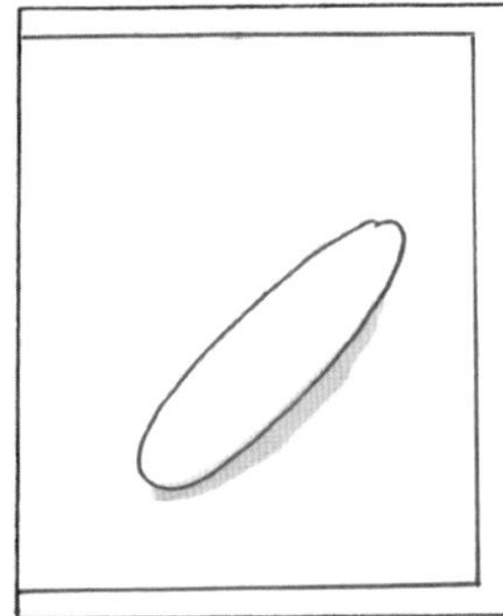

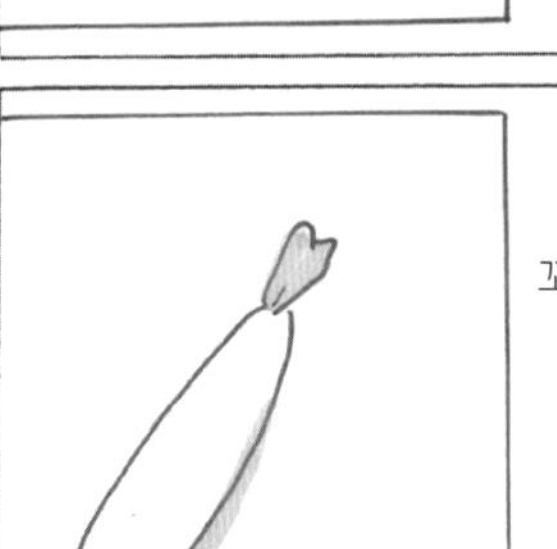

* 흰살생선과 마를 섞어서 찐 어묵. 색이 뽀얗고 물컹물컹한 식감이다.

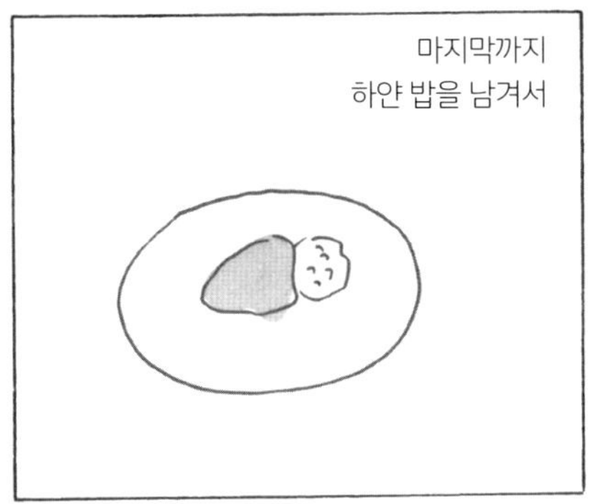
마지막까지
하얀 밥을 남겨서

그런 바람을

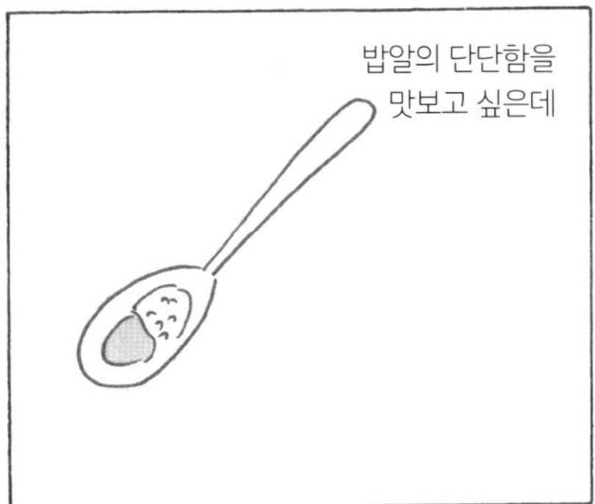
밥알의 단단함을
맛보고 싶은데

코코이찌방야의
콜리플라워 라이스에서도
느꼈습니다.
당을
조절해야 하는
사람들에게
좋겠어.

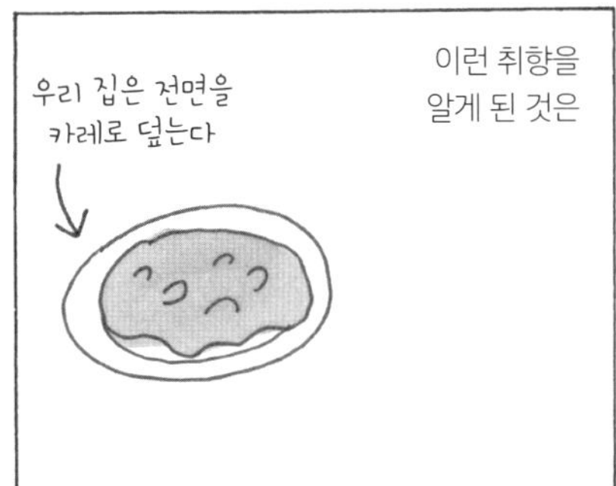
이런 취향을
알게 된 것은
우리 집은 전면을
카레로 덮는다

그나저나 '카레를 어떻게
먹는가의 문제'입니다.

바깥 세계를
알게 된
순간이기도
했습니다.
내
마음대로
할 수
있어.

저는
밥과
비비지
않아요.

10

폴란드 '피로시키'

폴란드에서 먹은
피로시키(만두)를
잊지 못해서
맛있었지~
타닥
타닥

혹시
인터넷으로
살 수
있다거나?
어디
보자

있잖아,
피로시키!
뭐든 다 있네~
사야지

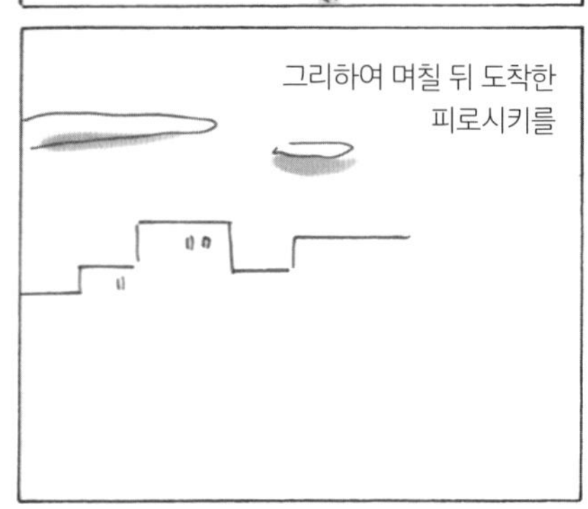
그리하여 며칠 뒤 도착한
피로시키를

런치로
먹기로 했습니다.
신난다~

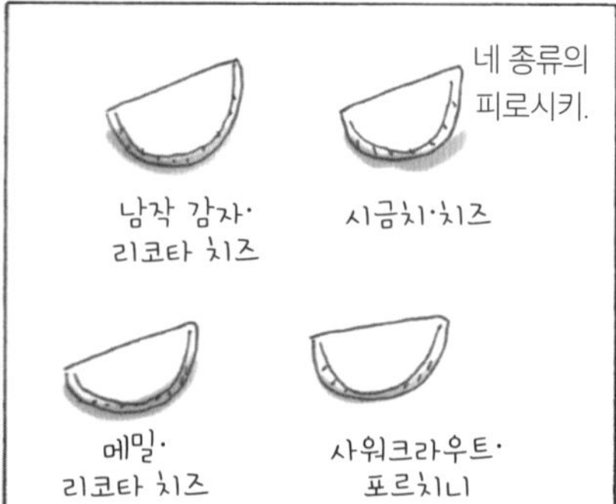
네 종류의
피로시키.
남작 감자·
리코타 치즈
시금치·치즈
메밀·
리코타 치즈
사워크라우트·
포르치니

이걸 종류별로
두 개씩 끓는 물에
넣고 2~3분간 삶기.

접시에 담아
사워크림을 얹어서

잘
먹겠습
니다.
여행 온
기분!

시금치와
치즈
피로시키.
이거 이거
치즈가
녹아서
맛있다!

메밀
피로시키는
…
맛이
상당히
독특하네.

피로시키는
삶는 것도 좋은데
구울 수도
있어요.
만두 피가
쫄깃쫄깃.

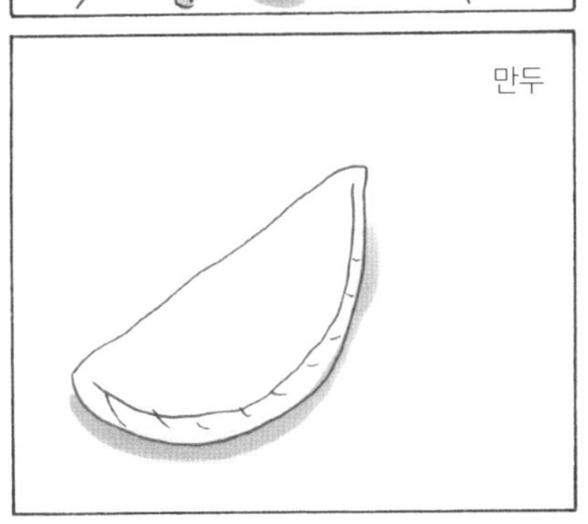
만두

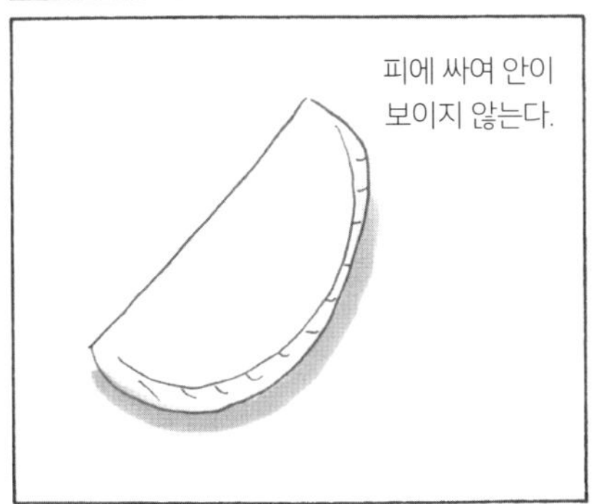
피에 싸여 안이
보이지 않는다.

상처받는 일이
줄어들까요?

그건 마치

아니면 훨씬 더
늘어날까요.

인간의 마음
같아요.

늘어날 것
같아
….

밖에서는
보이지 않는
가슴 안.

애초에
그보다

타인의 마음속이
보인다면
빤~히

어렴풋한 행복감.

사람은
자기 가슴 안도
못 보지 않나.
확실
하게는.

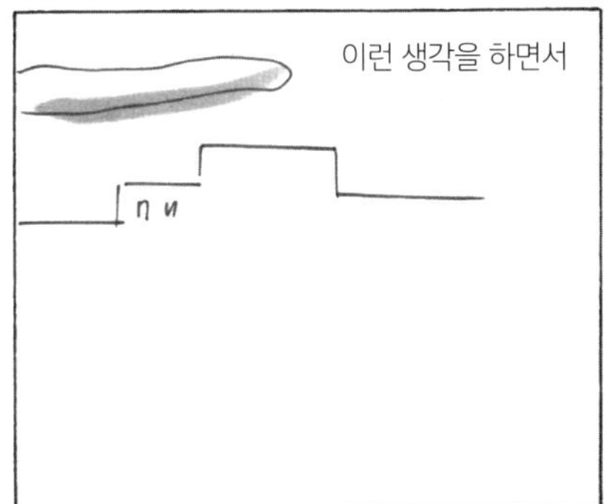
이런 생각을 하면서

언제나 가슴 안에 품은
어렴풋한 불안이나

피로시키를
먹을 때의 나는
폴란드
여행.

어렴풋한 분노,
어렴풋한 후회

기쁨이 내면에서
마구마구
흘러나왔습니다.
덥석
즐거웠지!

그리고

11

그라코로

타닥
타닥

그러고 보니
나,

* 일본 맥도날드의 겨울 한정 메뉴로, 그라탱 고로케 버거의 줄임말.

맥도날드라고
하면
우물

필리핀 선생님과
하는 화상 영어
회화에서
헬로.
헬로

"런치로 뭐
먹었어?"라고
물어보면

"맥도날드 치킨을
먹었어"라고
대답하는 선생님이
종종 있어요.
치킨

들어보니
필리핀
맥도날드에는
프라이드
치킨과
프라이드
치킨

라이스 세트가
있다는데,
라이스

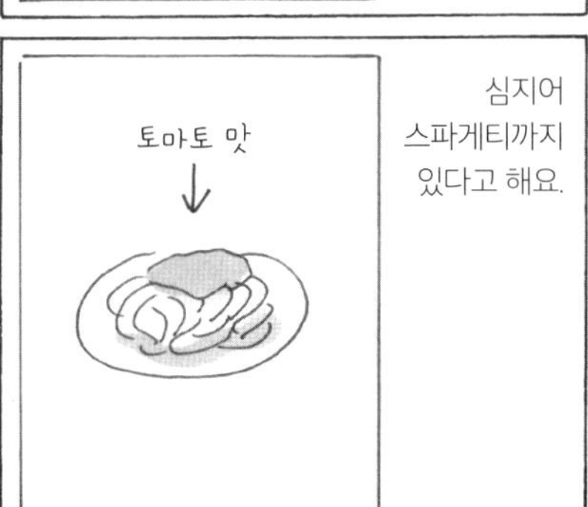
심지어
스파게티까지
있다고 해요.
토마토 맛

일본은
그라
코로가
있고.
덥석
분명
세계 각국에
오리지널
메뉴가
있겠지.

여름 셰이크라는
것도 있어요.

사계절이 있는 일본에는
우물

맥도날드 메뉴로
계절을 느끼는 일본.

제철 음식이 있는데,

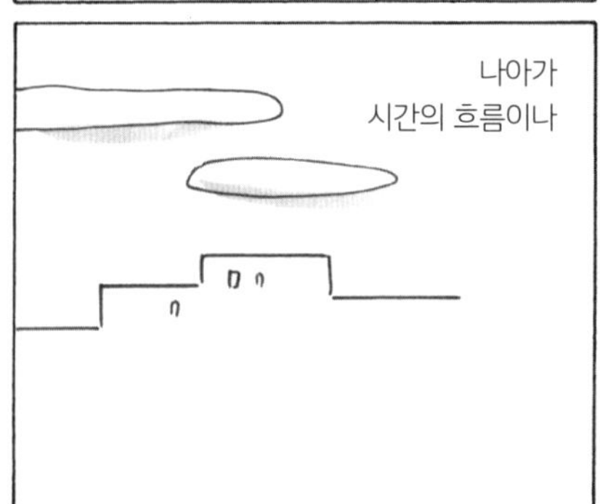
나아가
시간의 흐름이나

그런 의미에서
그라코로는 겨울의 미각.

인생을
생각합니다….

달맞이 버거는
가을의 편지 같고,

이런 걸

내 영어
수준으로
말할 수
있을 것
같지 않아.
훗

런치를 먹고 궁금해서
세계의 맥도날드 메뉴를 검색.
타닥
타닥

독일
맥도
날드는
기간 한정
오가닉 비프
햄버거.
호~

프랑스는
…
와! 마카롱이 있어,
크루아상이나!
호~

이집트는
…
아랍국가 한정
'맥 아라비아타'.

중국은
…
어? 죽이 있어!

오후 업무에 지장을 준
맥도날드 메뉴였습니다.
다음은~

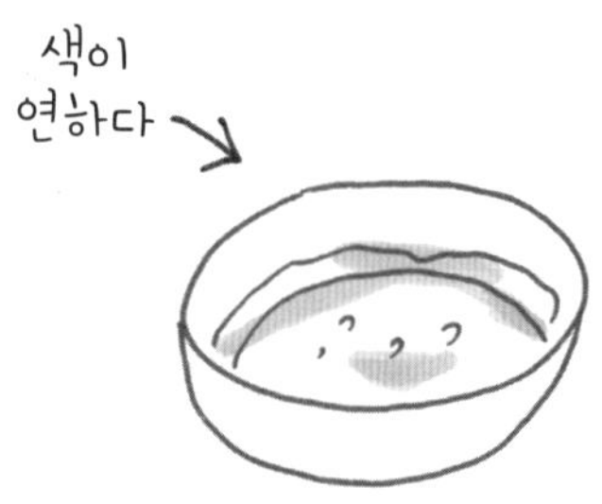

간사이식 덴신항

* 일본식 중화요리로, 달걀덮밥 위에 걸쭉한 소스를 부은 요리.

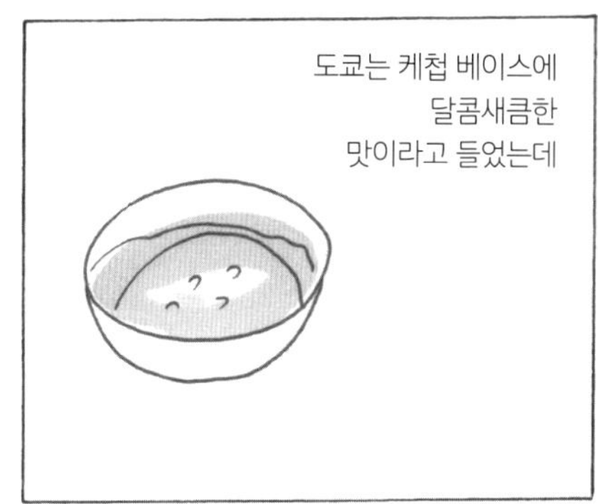

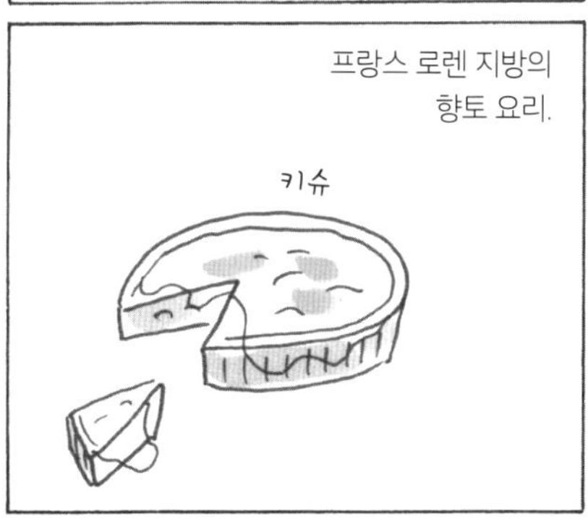

* 전분이나 갈분 등으로 만든 걸쭉한 소스를 끼얹은 요리.

타인과 접촉하지 못하고
안으로 파고드는
나날.

즐거운 일도
줄어들었지만

번거로운
교제 관계나

귀찮은 모임도 없다.

아무튼
안카케로 하면
뭐든 부드러
우니까.
하핫

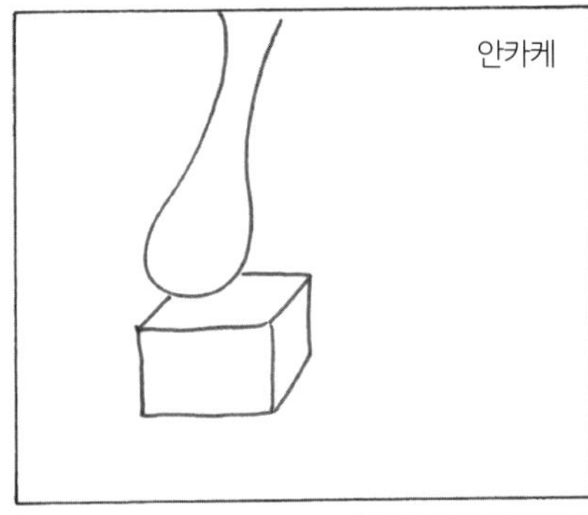
안카케

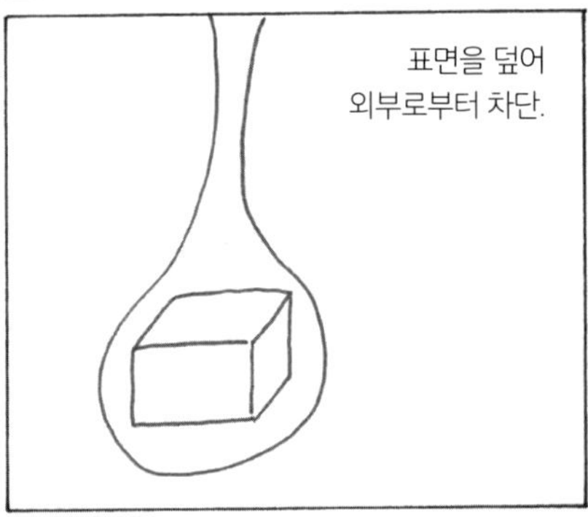
표면을 덮어
외부로부터 차단.

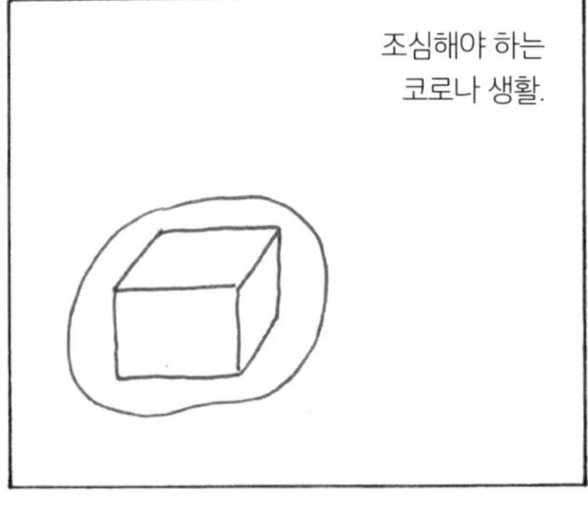
조심해야 하는
코로나 생활.

폭우도 강풍도 없다.

그래도

새로운 별을
발견하지 못한다.

이런 생각을 한
덴신항 런치였습니다.
잘
먹었습
니다!

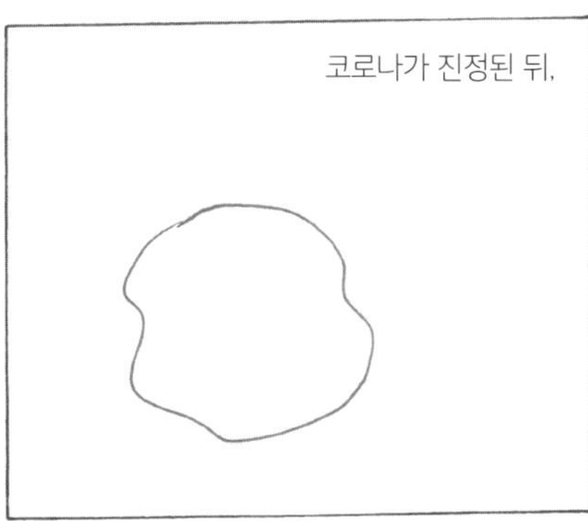
코로나가 진정된 뒤,

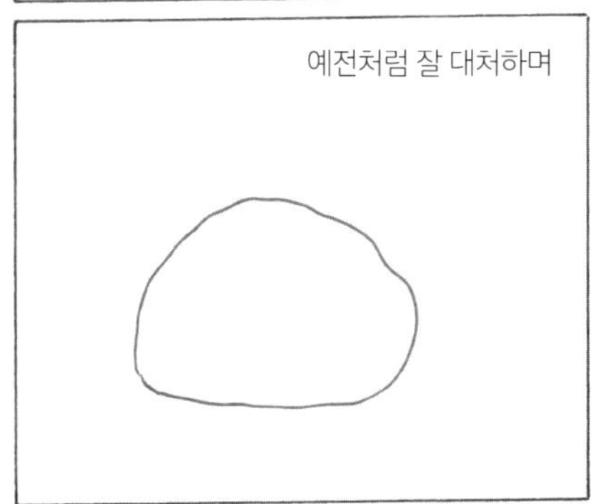
예전처럼 잘 대처하며

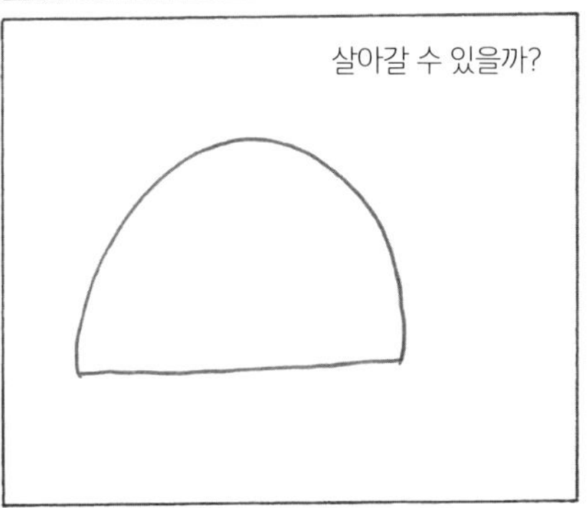
살아갈 수 있을까?

지금은 마치
플라네타륨 안.

13 급식 시간

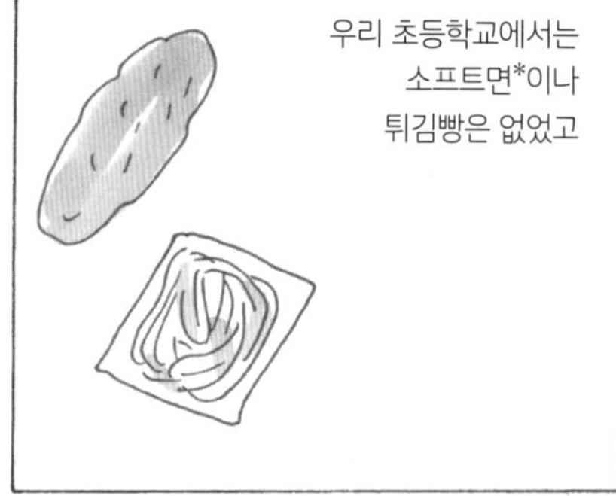

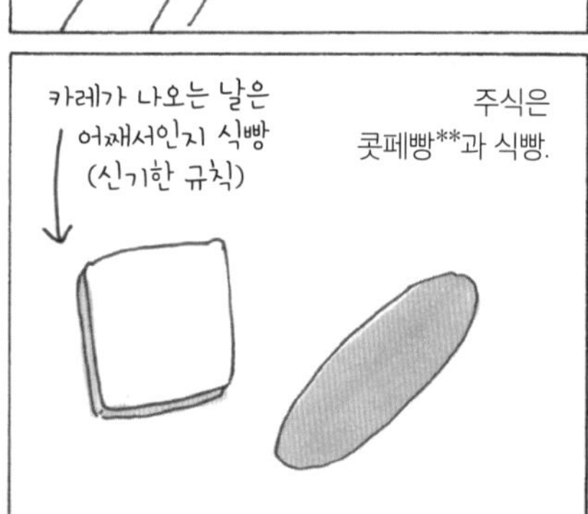

* 일본의 급식에 많이 제공되던 스파게티 비슷한 면 요리.
** 핫도그처럼 길쭉한 빵 가운데를 갈라 크림 등을 넣은 빵.

급식 당번 날에
그 치즈가
나오면

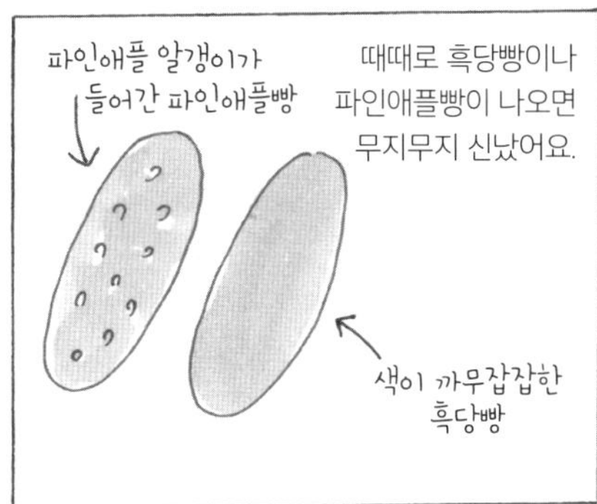
때때로 흑당빵이나
파인애플빵이 나오면
무지무지 신났어요.
파인애플 알갱이가
들어간 파인애플빵
색이 까무잡잡한
흑당빵

당첨인
치즈를 슬쩍
좋아하는
아이에게
줬어요.
여기
바다표범
이야.

교실이
술렁이던 건
역시 그거지.

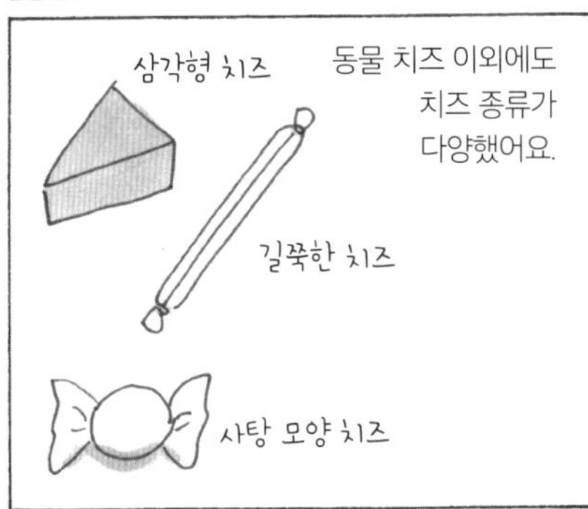
동물 치즈 이외에도
치즈 종류가
다양했어요.
삼각형 치즈
길쭉한 치즈
사탕 모양 치즈

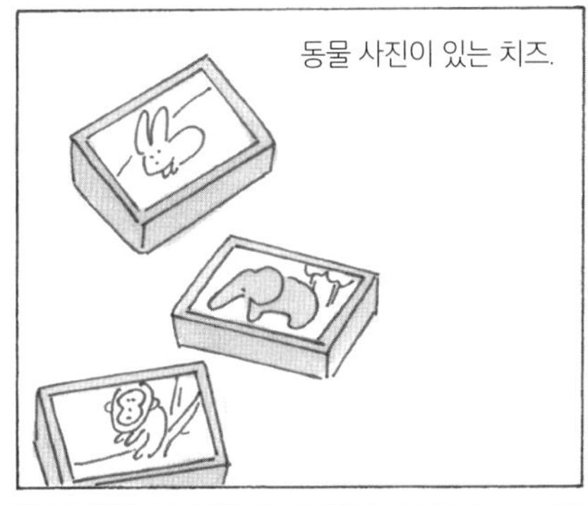
동물 사진이 있는 치즈.

전부
간식 같아서
기뻤어.
응
응

사슴이나 원숭이는
꽝이고 사자나
다람쥐는 당첨.
멋있거나
귀여운 게
좋았어.
하핫

그러고 보니
바나나!
아

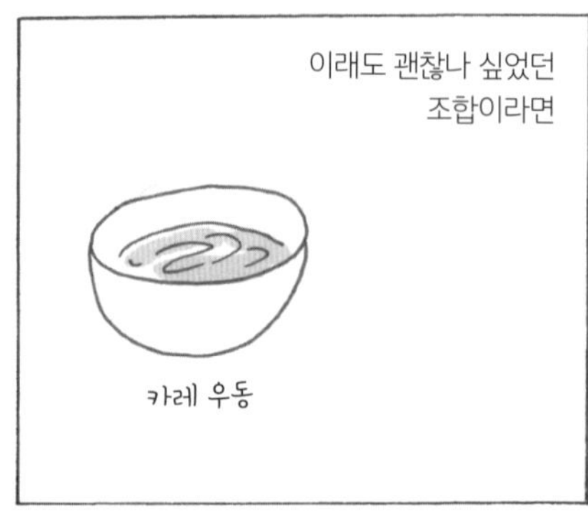
이래도 괜찮나 싶었던
조합이라면
카레 우동

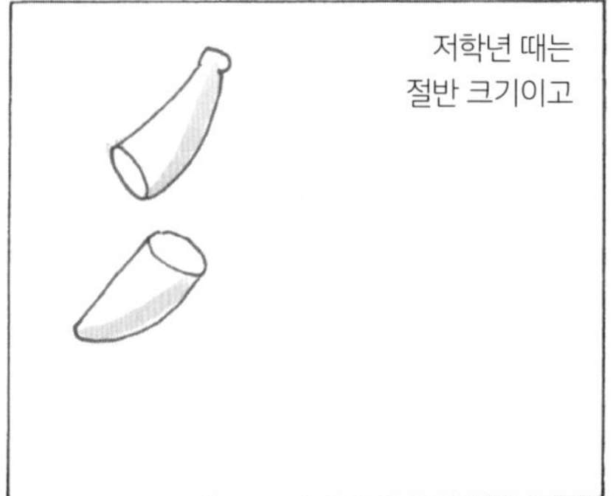
저학년 때는
절반 크기이고

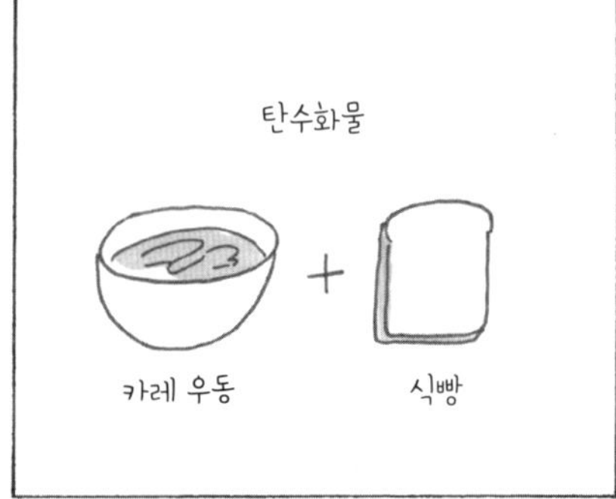
탄수화물
카레 우동
식빵

고학년이 되면
한 사람당 하나.
통째로!

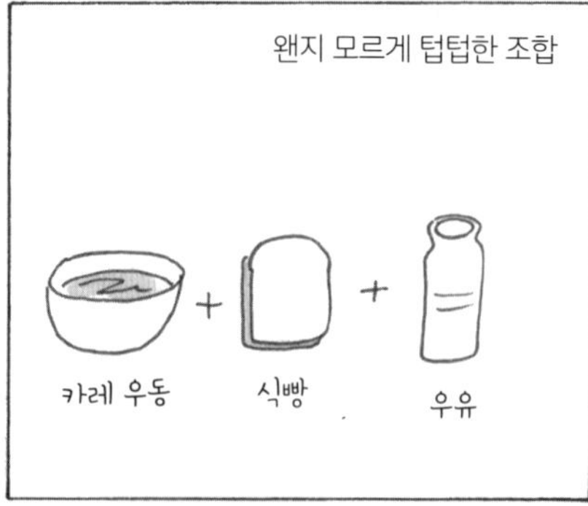
왠지 모르게 텁텁한 조합
카레 우동
식빵
우유

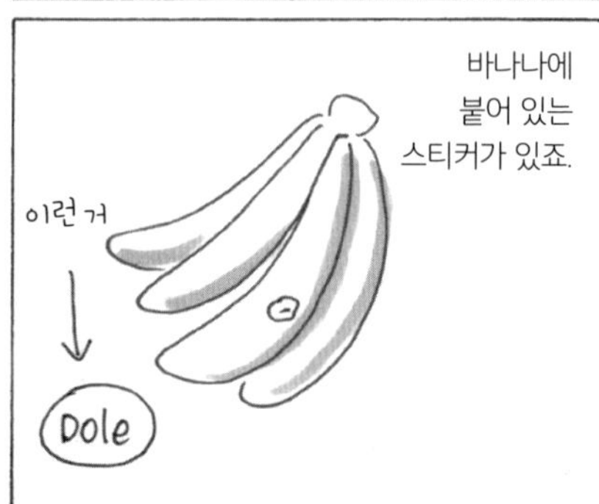
바나나에
붙어 있는
스티커가 있죠.
이런 거
Dole

반대로
대단한
재능
이걸 먹은 사람 중에
훌륭한 요리사가 된
사람도 있겠지….

잠시 시공을 뛰어넘어

초등학교
점심시간에.

당시 저는 급식을
그리워할 미래가
존재한다는 사실을

꿈에도
몰랐답니다.
빤히

스티커 붙은
바나나
쟁탈전도
있었어요….
나
스티커
있어.
부럽
다.

냉동 귤은 더
꽝꽝 언 아이가
이기는 거.
내 거
딱딱해.

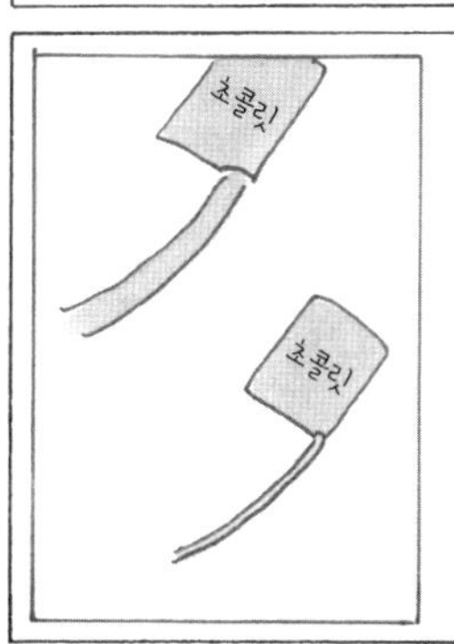
빵에 바르는
초콜릿 크림은
가늘게 뜯은
아이가
대단한 거.
초콜릿
초콜릿

크림 뜯는
법이라니!
하핫

'너는 천연색'의 맛

* 일본의 중화요리 체인점.

이 곡이 나온 건
1992년.
내가 23세인가.

만화 『사자에 씨』의 작가
하세가와 마치코 씨가
작고한 해이고,
그렇구나
….
시무룩

아카시야 산마 씨와
오타케 시노부 씨가 이혼한
해이기도 한가봐요.
호오.

당시 저는

오사카에서
회사원
생활을 했고
워드
프로세서

매일
사원
식당에서
런치를
먹었어요.
배고프다~

오늘의 정식 말고도
우동, 소바, 카레를
고를 수 있었는데

언제나
조금
신기했던
것이
엇

우동 많다.

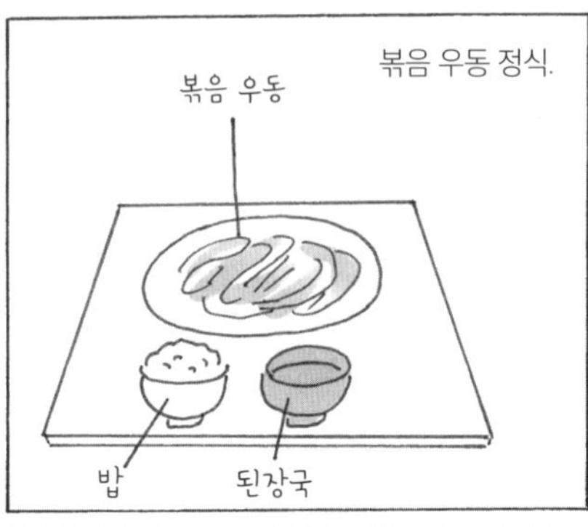
볶음 우동 정식.
볶음 우동
밥
된장국

예전 생각을 하며
포장을 기다렸는데
핑~
응?

이게
아니라
우동과
밥 정식은
보통이지.

다음 곡은
인트로만
듣고 바로
알았어요.
핑~
핑~
그거
다!

볶음 우동 정식에

오타키 에이이치의
'너는 천연색'입니다.
이 인트로가 좋아.
'핑~'

우동을 추가하는
아저씨들이
있었어요.
우동
+
우동

고등학생
시절의
런치라면,
오전
수업만
있던
토요일.

친한
친구들과
오쇼(오사카
오쇼가
아니라
다른 곳)
런치.

마루
자리를
얻기 위해

자전거로
돌격.

〈E.T.〉의
명장면
수준의
박력
이었어요.

오쇼에
도착해
멋지게
마루
자리를
확보하면

아하하하하
점심시간이 지나 가게도 텅 비었죠.

영혼이 시키는 대로 주문해서
볶음밥 크림 새우 닭튀김 새우튀김 야키소바 만두!

여름이면 가끔 점장이

홀라당 다 먹어 치우고
덴신항 탕수육 전부 2인분씩!

수박을 서비스로 주기도 했습니다.
수박 먹을래?

잘 먹었다~

동네 아저씨 같은 서비스.
하핫

디저트로 아이스크림을 먹으며 언제나 세 시간씩 수다를 떨었는데
아하하하하
아하하하하

내가 들어왔을 때부터
런치를 먹고 있던
두 명의 남성이

'너는
천연색'이
끝나자,
더
듣고
싶다.

단 한마디도
나누지 않는
저 상황이

라디오
DJ의
라디오
였구나!

새로운
라이프스타일인지

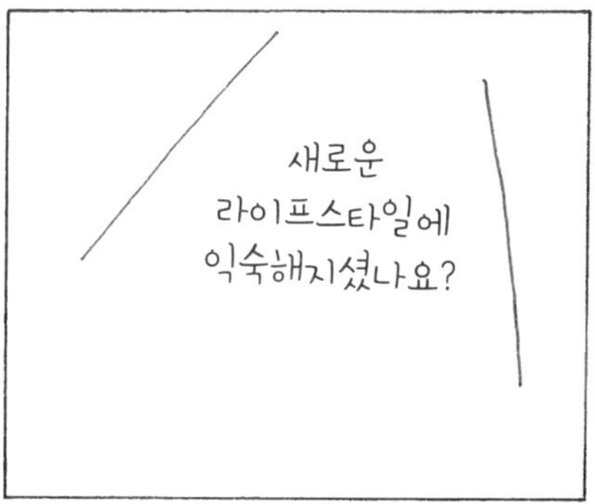
새로운
라이프스타일에
익숙해지셨나요?

원래도
저런
건지는
불분명
했어요.
어느 쪽?

라는 목소리가
가게 안에
울려 퍼졌는데,

기름도 소금도 자제한
직접 만든 볶음밥으로는
절대로 나올 수 없는
아드레날린이

아무튼 집에 와서
기다리고 기다리던
런치의 시간입니다.

몸 안을
맴돌았습니다.
야금

포슬
포슬한
볶음밥
맛있어!

맴도는 것은
하나 더
있습니다.

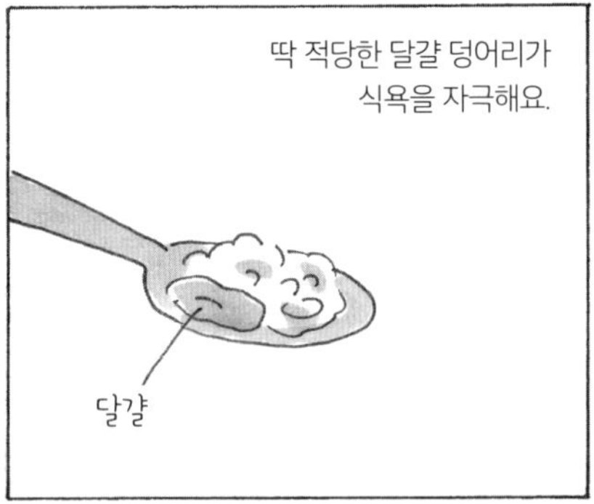
딱 적당한 달걀 덩어리가
식욕을 자극해요.
달걀

아까 가게에서 들었던
'너는 천연색'이
머릿속에 빙글빙글~

기름기도 짠맛도
잘 느껴져서
이 정도의
한 방이
필요해.

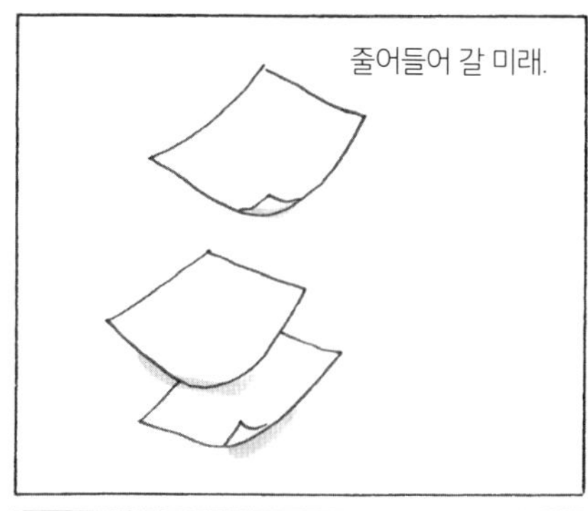
줄어들어 갈 미래.

노래에 나오는
키워드가 그리워요.
'폴라로이드.'

골인 지점이
언제인지는
알 수 없는데도
도무지
잘 모르겠어.
우물

폴라로이드 카메라가
일반적으로 출시되기
시작했을 무렵,

내일도 모레도
무조건 먹을 수 있다고
믿는 런치를

'이걸로 야한 사진을
찍을 수 있겠다!'라고
신났던 사람도
있었지….
덥석

이렇게 속 편하게
정하고 있답니다.
내일은 피자도
괜찮겠다.

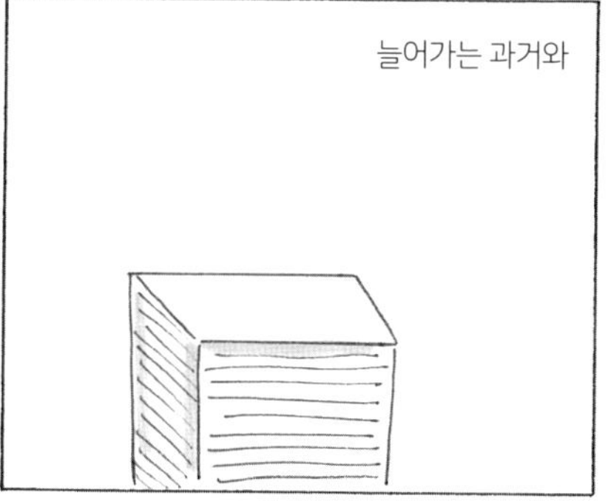
늘어가는 과거와

마파두부로 재확인

제일 처음 만든 사람의
용모에서 딴 이름이라고
인터넷에 나와 있었어요.

…
…

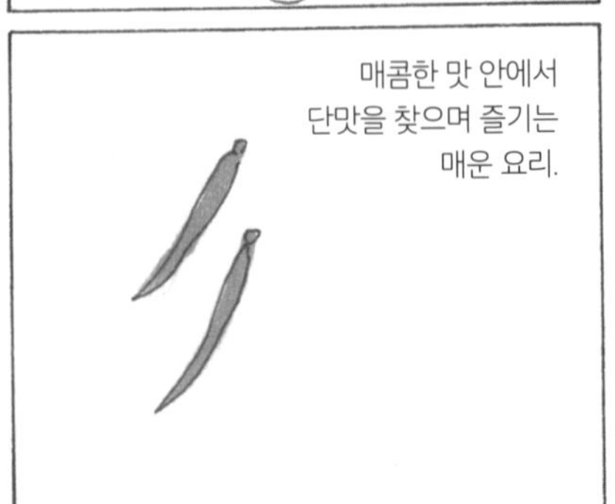

예를 들어
인터넷에서 주문한
상품의 사이즈 교환.
너무
크네.

상점에 몇 번이나
메일을 보내도
도무지 답이 없다거나
하~

그래서 밤에
이불에 누워

맹렬하게
화를 낸다거나.
대체
뭐냐고!

매운
음식은
역시
기운이
난다.

역시

라고 생각한다는 건
우물

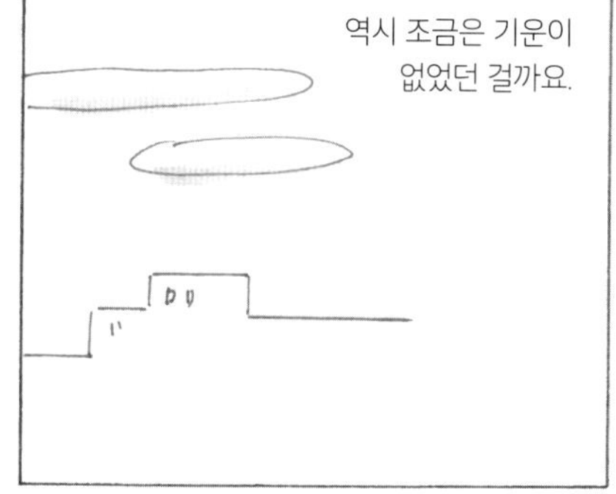
역시 조금은 기운이
없었던 걸까요.

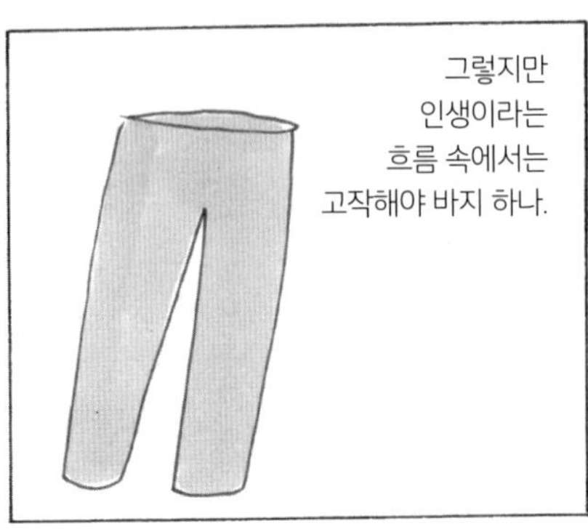
그렇지만
인생이라는
흐름 속에서는
고작해야 바지 하나.

남은 수명으로
바지 가격을 나누면
하루에 1~2엔?
알 수
없지만.

아무래도 안 좋은 일에
휘둘리는 것에
또 화가 났습니다.
대체
뭐냐고!

그 밖에도
빵집에서
빵을 대충
놓는다거나
툭

음식
인데요
….

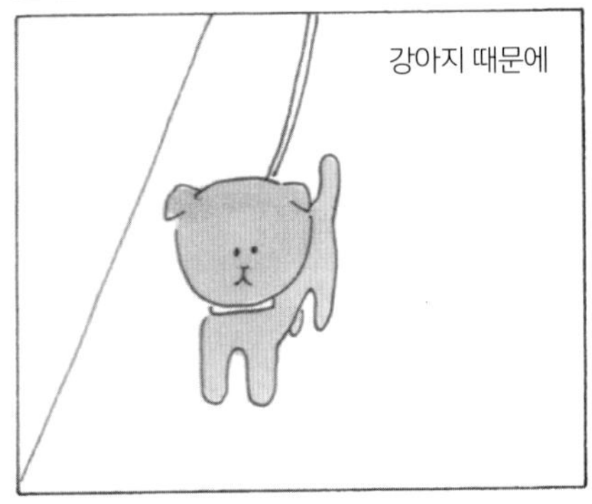
강아지 때문에

차도로
나간다거나.

…
…

상점에
밝게 전화해
볼까
(해결했다).
바지는

불분명하게 쌓여가는
매일의 응어리.

타인은 타인.

그런 맺힌 것에
기름을 조금 부어
연소시키고 싶어져요.

나와 같은
사고 회로로
살지 않는다.
같은 일을 겪어도
화내지 않는
사람도 있지.
부럽다

그게 '매운 음식'의
역할일지도 모릅니다.
마파두부
먹을까.

그런 것을
마파두부의 땀으로
재확인했습니다.
매워

기운
난다.
매운데
맛있어.

16

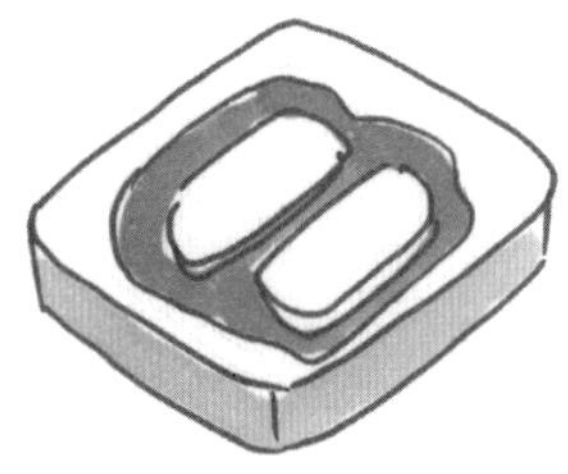

대단한 앙버터 빵

궁금했던
식빵이 있습니다.
으음.

프랑스
전통 발효
에쉬레
버터 식빵
좋았어
사자.

그리고
또 하나는
'도라야'의
병에 든
팥소.
좋아,
사버리자.

이 조합으로 만드는
앙버터 빵.
천상계의
음식을
현실에서
….

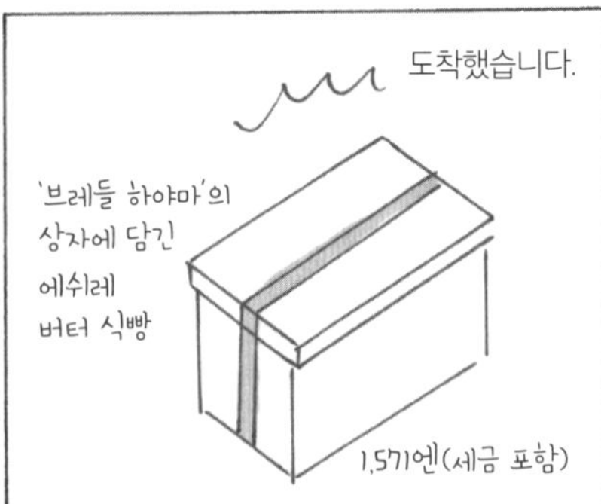
도착했습니다.
'브레들 하야마'의
상자에 담긴
에쉬레
버터 식빵
1,571엔(세금 포함)

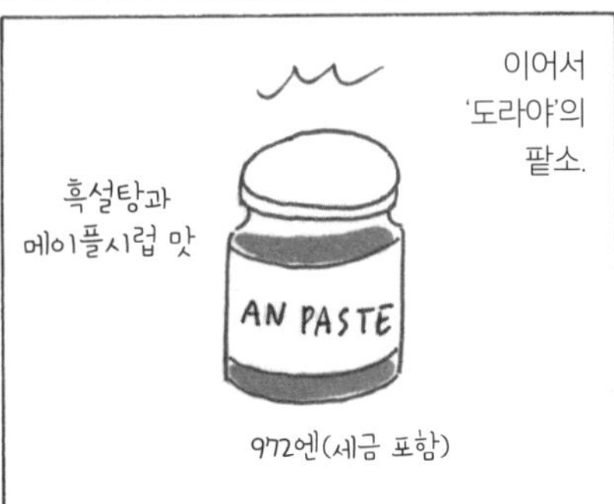
이어서
'도라야'의
팥소.
흑설탕과
메이플시럽 맛
AN PASTE
972엔(세금 포함)

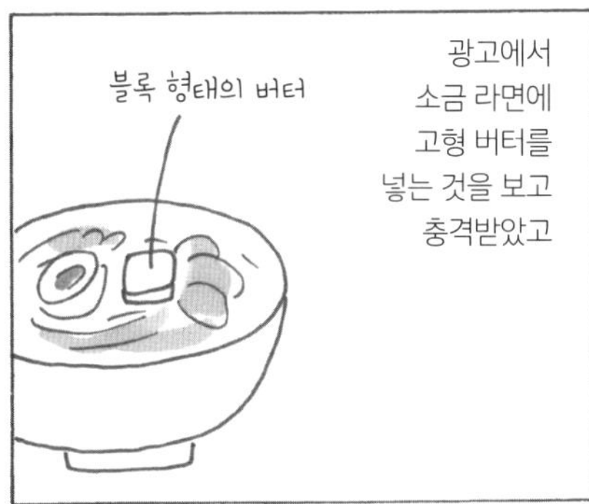
광고에서
소금 라면에
고형 버터를
넣는 것을 보고
충격받았고
블록 형태의 버터

모처럼이라
에쉬레
버터를 사러
갔습니다만
여기도
없네.

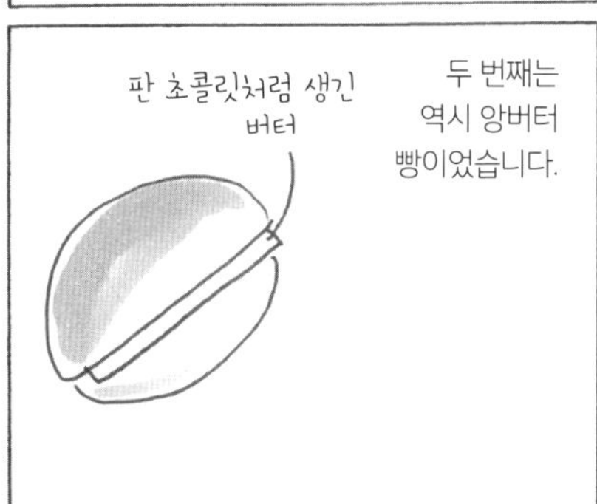
두 번째는
역시 앙버터
빵이었습니다.
판 초콜릿처럼 생긴
버터

집 근처 마트는
어디나 다 없어서
포기했습니다.
잘 사는
동네에
있으려나.
훗

팬케이크 말고
고형 버터를 그대로
쓰는 게 있는 줄
몰랐으니까.

자, 염원하던
앙버터
빵입니다.
배우는
다 모였어.

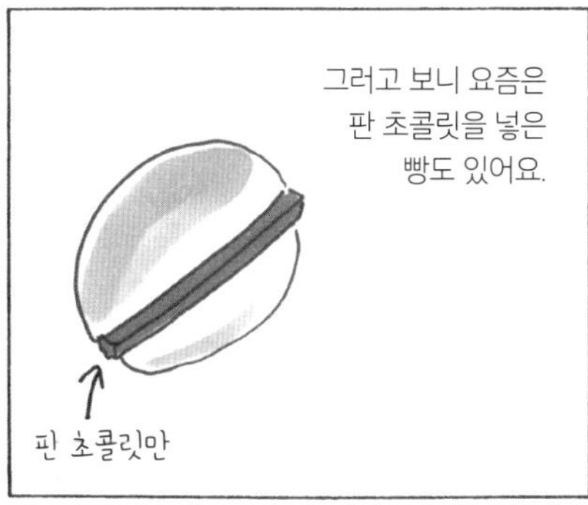
그러고 보니 요즘은
판 초콜릿을 넣은
빵도 있어요.
판 초콜릿만

인생에서 제일 처음
버터 때문에
놀란 건
라면에 투입한
거였지.
어렸을 때…

대체 뭐냐고.

예전에 본가에서
샌드위치 런치를
개최했습니다.
어린이도
오니까
귀엽게.

그런 일을 떠올리며
드디어 앙버터 빵입니다.

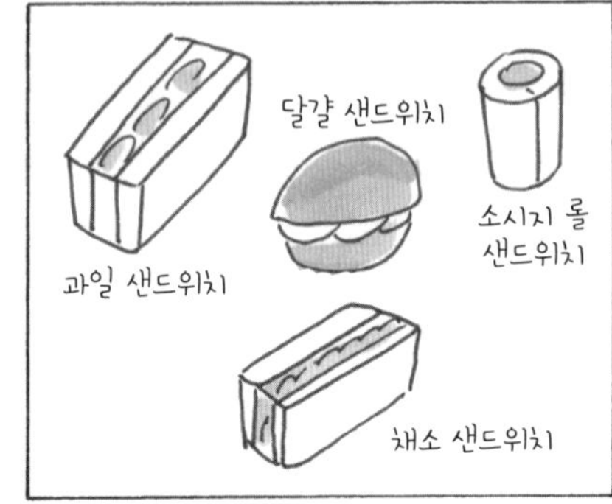
달걀 샌드위치
소시지 롤
샌드위치
과일 샌드위치
채소 샌드위치

우선 '도라야'의
팥소
AN PASTE

다양하게
만들었는데
다 됐다

반짝반짝.
윤기가
대단하다!

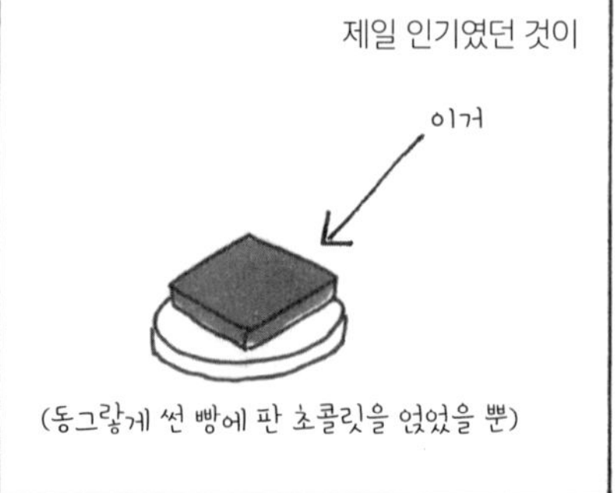
제일 인기였던 것이
이거
(동그랗게 썬 빵에 판 초콜릿을 얹었을 뿐)

촉촉하고
부드러운 식빵에 쓱쓱
잘 발립니다.

참고로 이 식빵은
굽지 않고 먹는 것을
추천.
식빵에서
벌써
버터
향이 나.

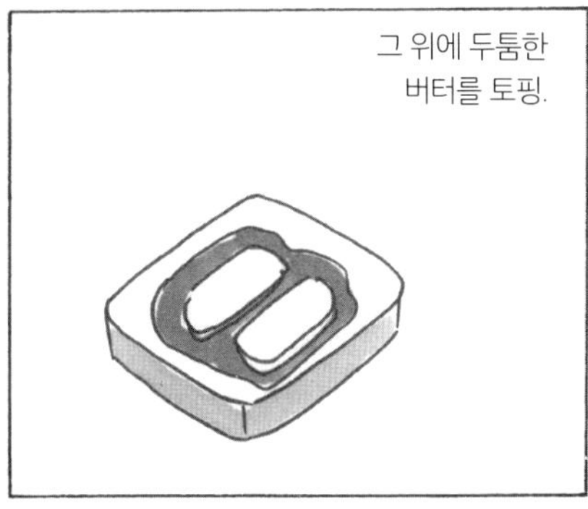
그 위에 두툼한
버터를 토핑.

칼로리가
대체….
완성

먹습니다.

팥소의 단맛을
감지한 다음
우물

버터의 짜고 진한
맛이 뇌에 퍼져서…
둥실~

아마 한 장 더
먹어버릴 제 미래가
눈에 보였습니다.
빤히~

17

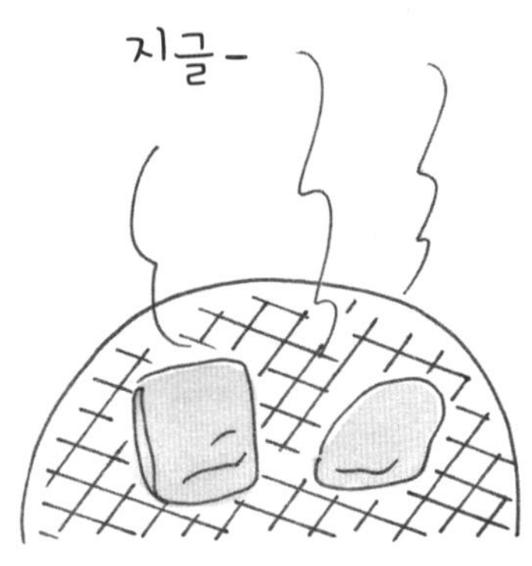

지글-

갈비 도시락

동네 고깃집에서 런치로 포장.
어디~
메뉴

메뉴! 고민할 필요 없음!

우설, 안창살, 등심, 안심, 양, 볼기살, 간, 고기 종류가 다양했지만
여기요.

저는 갈비만 있으면 됩니다.
갈비 도시락 주세요.

전에 업무 관계자와 식사했을 때
고기 구워 먹을까요?
좋네요.

저기
고기 굽는 거 말인데요.

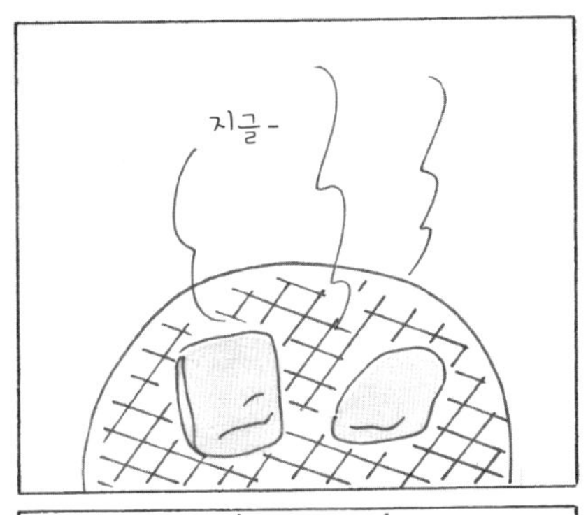
지글-

각자
좋아하는 것만
먹어도
될까요?

갈비
맛있네요.
우설
맛있어요.

물론이죠, 물론이죠!
좋아하는 거 먹어요.
네.

고맙습니다.
우설도 한번
드셔보세요.

드세요,
드세요.
어디,
우선 우설부터
가볼까요.

그래도
저는 갈비요.

저는 무한정
갈비여서요.
네?

갈비 맛있다!

갈비요.
다음은~
안창살과 간을 먹을까~
마스다 씨는요?

뭔가…

아니요,
갈비요.
간 맛있어요.
안창살 한 점
어떠세요?

저는 지금까지
고기 먹는 법에 얽매여
있던 것 같아요.
우물

저도
갈비
추가요.
정말 갈비만 드시네요.
저도 주문할래요,
갈비.

가게에 가면
다양하게
주문하는 게
어른다운 거라고

갈비

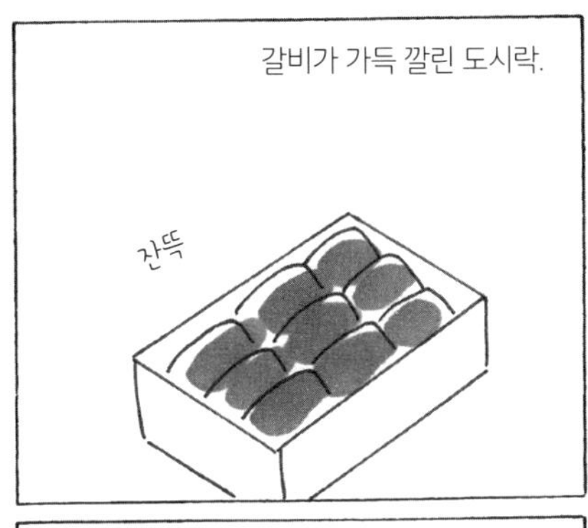
갈비가 가득 깔린 도시락.
잔뜩

그렇게 생각하고
했던 건데요.
네

덥석

마스다 씨가 먹는
모습을 보니까
자유로워서
좋네요.

입에
고기 기름이 퍼져서
행복 호르몬이
분출….
스멀
스멀~

저도 오늘은
갈비로 가겠습니다.
그거
괜찮은데요

행복감까지
맛보았습니다.
살아 있길
잘했어.

이런 일을 떠올리며 산
갈비 도시락.

불요불급 외출 금지 냉동 빵

불필요하게
바빴다는
소리인가~

내가 지금 제일 하고 싶은
불요불급한 용건은

미술관에 가거나
백화점 식품관에
가거나
카페에서 차를
마시거나
오~
우아~

그런 타입의
불요불급인가~

딩동
왔다!

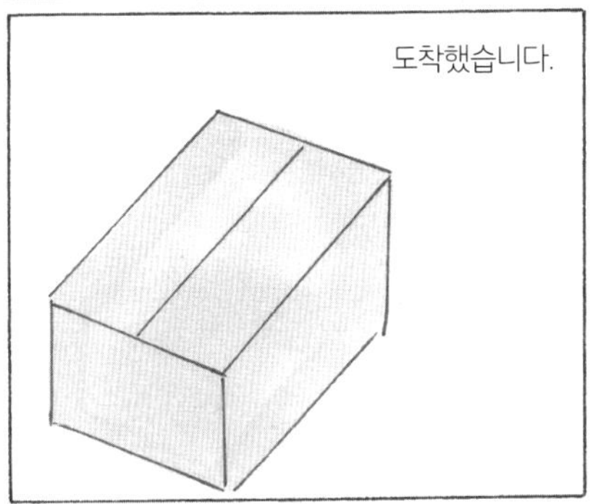
도착했습니다.

냉동 빵 세트.
오오오

간식 빵이나
주식 빵이 다양하게
들어 있습니다.
내일 런치로
먹어야지♡

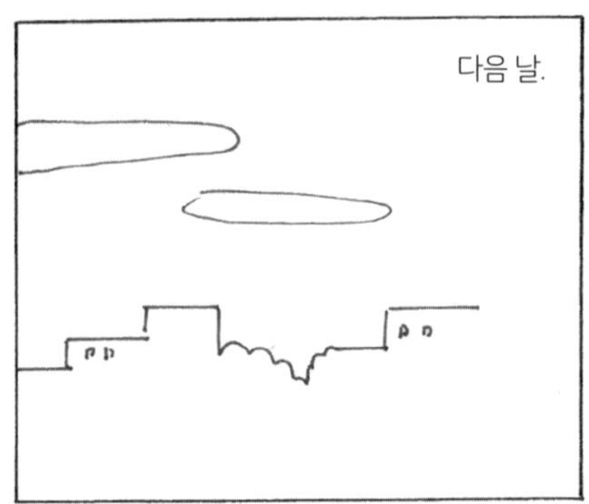
다음 날.

해동해둔 빵.
흥
흥
흥

긴급 사태가 선언된
도쿄.
잘
먹겠습
니다.

아니, 인터넷으로 산
냉동 빵 세트에
야금

햄버거가
들어 있었습니다.
세상에.

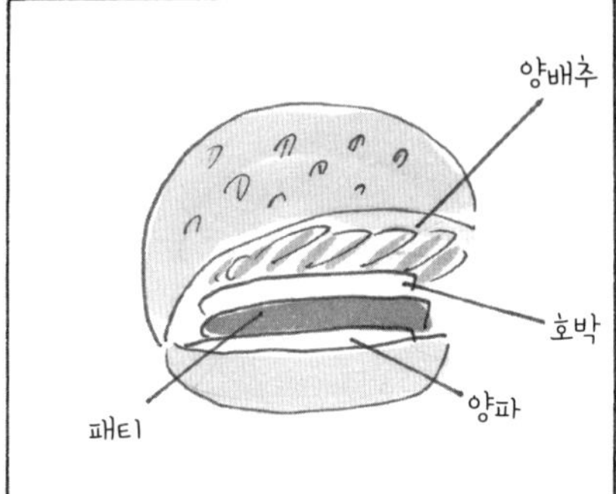
양배추
호박
양파
패티

딱딱하게
도착한
햄버거에
놀랐지만
어
돌?

자연 해동해도
아주 맛있어서
냉동 빵의 저력을
알았습니다.
폭신폭신
하잖아!

지금까지 경험한 제일 '높은' 런치는
스위스 고르너그라트 전망대(3,136미터)에서
먹은 샌드위치입니다.

19

타이완 모드 '루러우판'

샤오룽바오

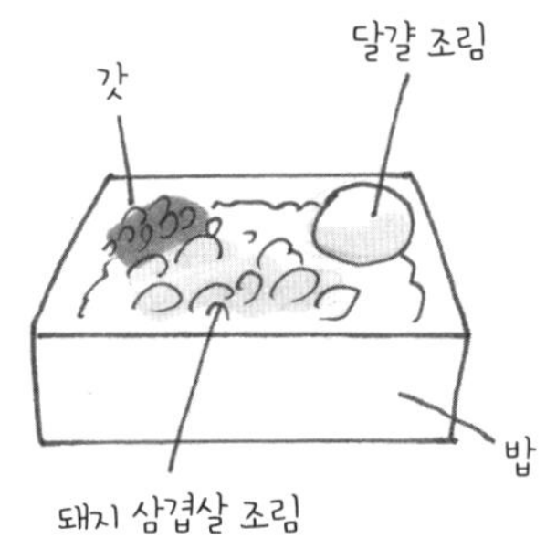
달걀 조림
갓
밥
돼지 삼겹살 조림

훠궈

또우화와 빙수

코로나가 진정되고
해외여행을 갈 수 있는
날이 오면

활기 넘치는
조식 전문점에서
바짝 붙어 앉아
먹는 샤오빙과
센토우장.

우선은
타이완이지.
응
응

우아~
타이완
이야~

바짝 붙어
앉아서 먹는
그런 감사한 일을
했었다니~
평화로워~

솔솔 나는
팔각의 향에

왔다,
타이완
모드!
점심은
그거다.

금세
타이베이
거리로
날아갔습니다.

그런 이유로 사 왔습니다.
최근
알게 된
전문점.

마지막으로
타이베이에
간 것은
2019년 가을.
맛
있
다~

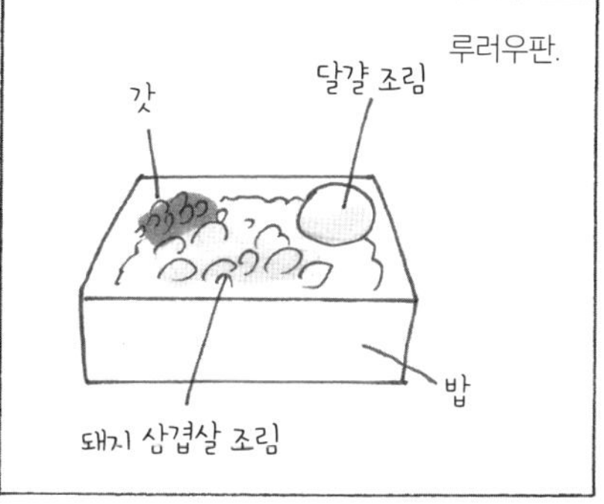
루러우판.
달걀 조림
갓
밥
돼지 삼겹살 조림

야금
즐거웠지~

밥도둑
이네.
달고
짭짤해.

그래~
화장실
가자~
중학교와
고등학교
시절에는 늘
단체 행동.

혼자가 아닌 게
중요했던
그 시절.

귀여워~
여자
세 명의
여행
이었는데

시원
해~
비행기도 호텔도
따로따로, 현지
집합하고 해산,
낮에는 자유여행.

저녁에
레스토랑에서
만나기!

아하하하하
그저
자유로운
어른의
여행….

'친구'의 비중이
매우 컸던 시절은
즐거운 일도
괴로운 일도
진했지.

그렇게 늘
같이
있었는데
지금
연락처를
아는 사람은
하나네.

지금은?
음~

친구는
우물

여러모로
옅어졌네.
하하
현지
집합하고
해산하는
적당함.

살면서 몇 명이나
사귀는 걸까요?

디저트는
타이완
카스
텔라지♡
그럼
팔각 향이
과거를 데리고 와준
런치였습니다.

초등학교 때
같은 반
아이들도
친구에
넣는다면
500~600명
일까?

오노미치 비빔면

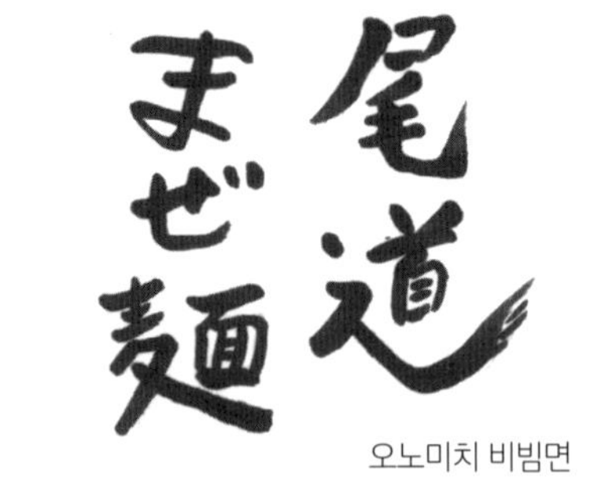

오노미치 비빔면

긴 세월이 지나자

지금 생각하면
준비하느라
간사가 얼마나
큰일이었을지
짐작이 가는데
아마
사전 답사도
했을 테고.

감사해야
할 일이 보여요.

20세
언저리였던
저는
그런 데는
생각이
미치지 못해
선물
사야지~
맛있
겠다~

그건

간사였던 남성 사원에게
고맙다는 말도
안 하지 않았나….
30년이 지난
지금이라면
고맙다고
했을 텐데.

어른이 된 것의
풍미 아닐까요.

그렇습니다.

만약 지금 자신이
전혀 도움이 안 된다고
생각하더라도

30년 뒤에는
고맙다고
말해주는
사람이
있을 수도
있어.

이렇게 생각하면
좋을지도 몰라요.
런치로
오노미치
비빔면
이야.

면을 삶고

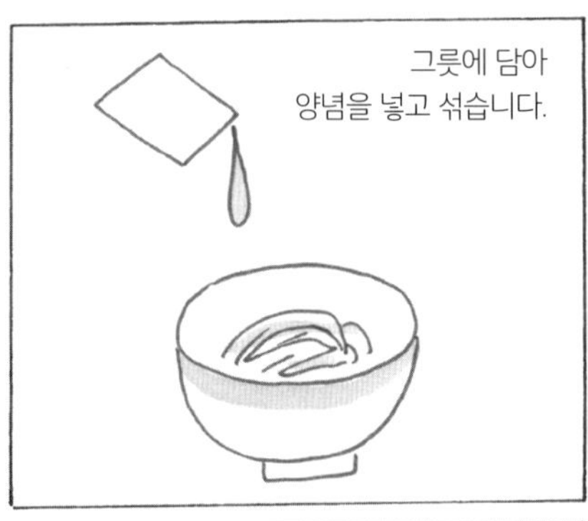
그릇에 담아
양념을 넣고 섞습니다.

채소는
좋아하는 걸
넣으면
되는구나.

저는
쑥갓나물을 잔뜩 얹고

마지막으로
라유를 한 바퀴.

오노
미치의
맛
잘
먹겠습
니다.

우아,
맛있다!
콩 소보로
다짐육
같아!

매콤해.

그러고 보니
예전에
우동 가게에서
아르바이트
했을 때
어서
오세
요.

카레 우동 '단맛'
주문인데
전표에
'매운맛'이라고
적고서
어
떡
해.

모른
척했던
적이
있습니다.
미안.
엄마,
나 매워
….

그나저나
오노미치
비빔면
맵고
맛있어~

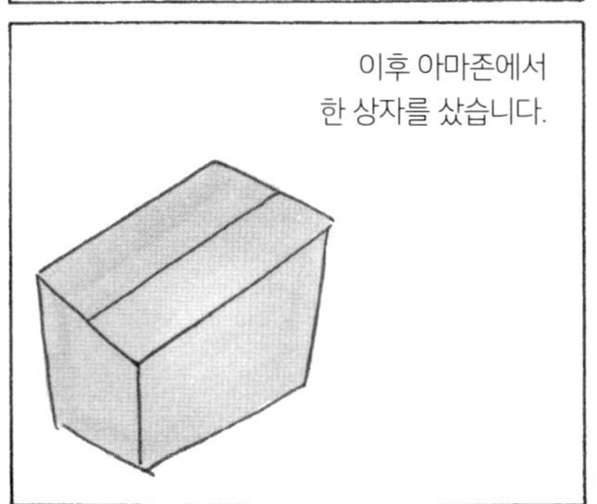
이후 아마존에서
한 상자를 샀습니다.

'도키야'
신주쿠 오다큐 백화점에서
런치로 일본식 떡국.

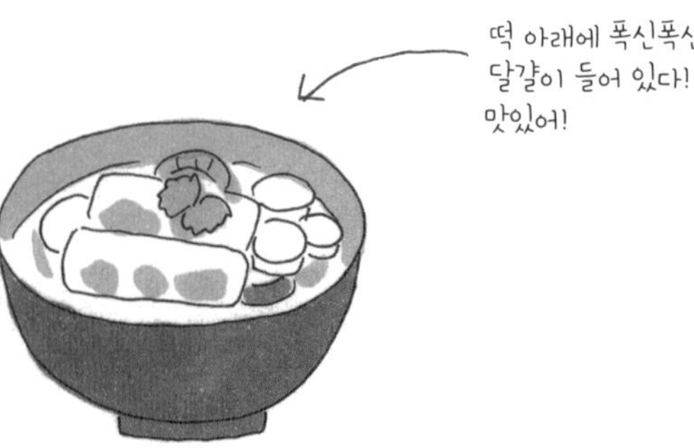

(도라야키가 유명한 가게입니다)

21

각색 샐러드 피자

2021년 11월,
일본의 코로나 환자가
급격하게 줄어서
지금
이라면
….
TV

약 2년 만에 귀향.
다녀
왔어요~

좀 더 감격스러운
재회일 줄
알았는데
어서
오렴!

일주일에
한 번은
스카이프로
대화
했으니까
맞아요,
맞아~

'오랜만'이라고 할
정도도 아니고

오히려 집에서
마스크를
쓰고 있는 게
2차원적으로
느껴졌습니다.
커피
타줄게.

선물은 엄마가 제일
기뻐하는 것….
자
선물~

복권
입니다.
당첨되면
좋겠다.
응.

고령자인 엄마를 배려해
대각선에 앉는 딸.

내가 이런 걸
하는 세상이
올 줄이야.

점심
뭐 먹고
싶니?

피자
먹을까?

그러고 보니
전에
스카이프로
피자 이야기를
나눴어요.
엄마
피자도
드시는
구나.

마트에서 파는
피자라는데
맛있어.
동네
사람들도
먹어.

다 됐다.

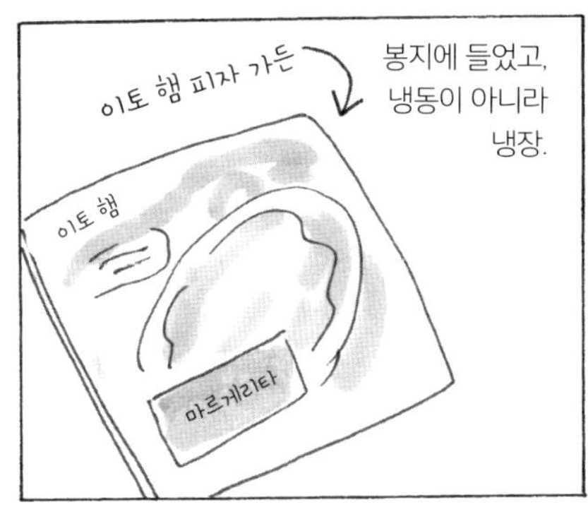
이토 햄 피자 가든
봉지에 들었고, 냉동이 아니라 냉장.
이토 햄
마르게리타

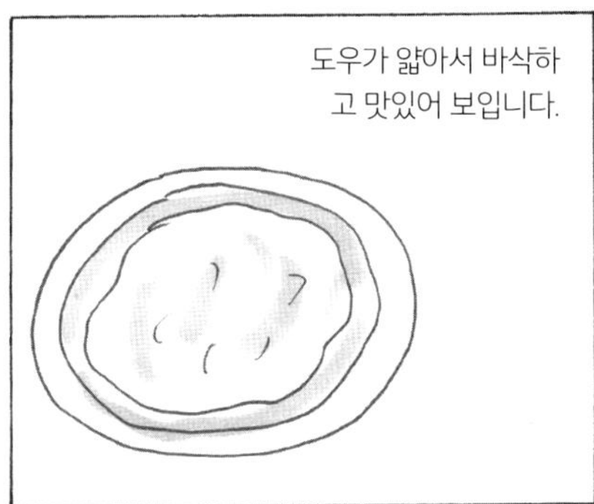
도우가 얇아서 바삭하고 맛있어 보입니다.

토스터에 이대로 넣으면 돼.
엄마는 혼자서 이거 하나를 먹어.
4장짜리

엄마.
왜 그러니?

그걸 전부 혼자서?
그렇다니까.
어?

이거 시금치 얹어서 먹으면 어때요?

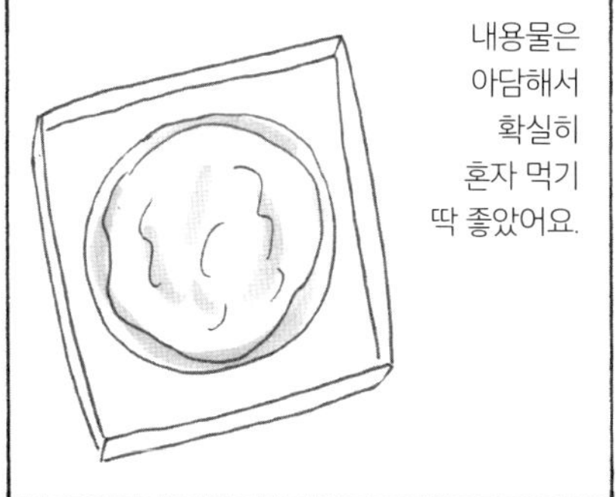
내용물은 아담해서 확실히 혼자 먹기 딱 좋았어요.

이렇게 하면
채소도
먹을 수 있죠.
그러네.

응?
피자에 시금치를
생 걸로 얹니?

스카이프로는 언제든
만날 수 있지만

전에
레스토랑에서
샐러드 피자를
먹은 게
생각나서
의외로
잘 맞아요.

같이 뭔가 먹는 것은
전혀 다른
차원이라는 것을
맛있네요.

같이
해보았습니다.
시금치
듬뿍.
이거
재미
있구나.

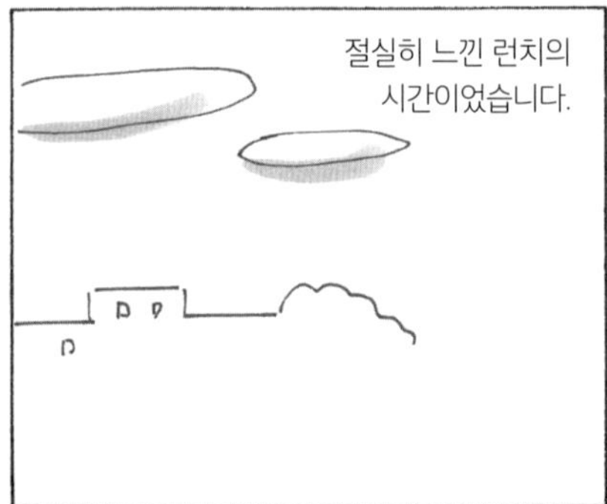
절실히 느낀 런치의
시간이었습니다.

맛있네!
아삭아삭해서.

데이코쿠 호텔의
'임페리얼 바이킹 사르'의 런치 뷔페에.
(1958년 일본 최초의 뷔페 스타일)

22

스웨덴 '크롭카카'

드라마
<일본 침몰>을
봤더니
좀처럼
가라앉지
않네.

국민이 이주할
나라를 추첨으로
결정하는 방식이고
진짜?

일단은 희망하는 나라도
제출할 수
있다고 해서
진지하게
생각했습니다.
나라면
어디로
할까?

우선 처음으로
겨울이
있는
나라가
좋지.
응
응

이건 겨울에
태어나서
그럴지도 몰라요.
1월 생
겨울이
있으면
좋겠어.

다음으로 새로운 언어를
지금부터 배우는 건
어려우므로 최소한
영어로 살고 싶은데
뭐, 영어도
못 하지만.

그러나 영어 원어민을
따라잡지는 못할 것
같아서
오
마이 갓!

역시
북유럽인가.
영어가
통하고
겨울이
있고.

그런
결론을
내렸습니다.
북유럽에
지원합니다.

그건 그렇고 인터넷에서
북유럽 스웨덴의 요리
레시피를 발견해서
집에 있는
걸로
할 수
있겠어.
맛있
겠다

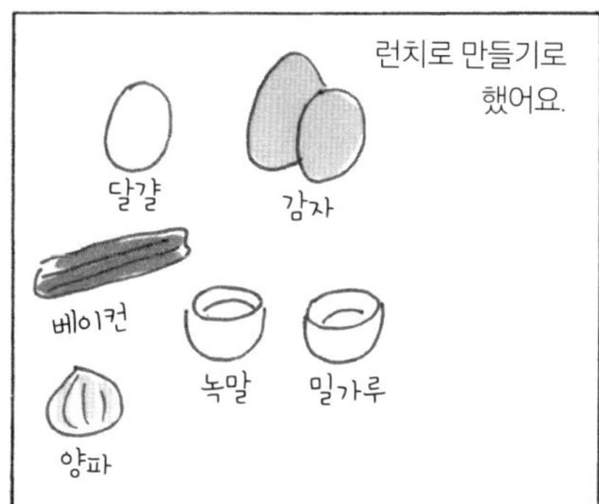
런치로 만들기로
했어요.
달걀
감자
베이컨
녹말
밀가루
양파

'크롭카카'라는
감자경단입니다.
좋아!

감자를 삶고 으깨서
식힙니다.

베이컨과 양파를
볶습니다.
레시피에 나온 향신료는
없어서 소금과 후추만

어려서
만들었던
흙 경단.

감자에 달걀, 밀가루,
녹말을 넣어 섞고
얍
얍

겨울에
만들었던
눈 경단.

적당한 크기로
둥글게 뭉칩니다.
먹어본 적
없으니까
정답은
모르지만.
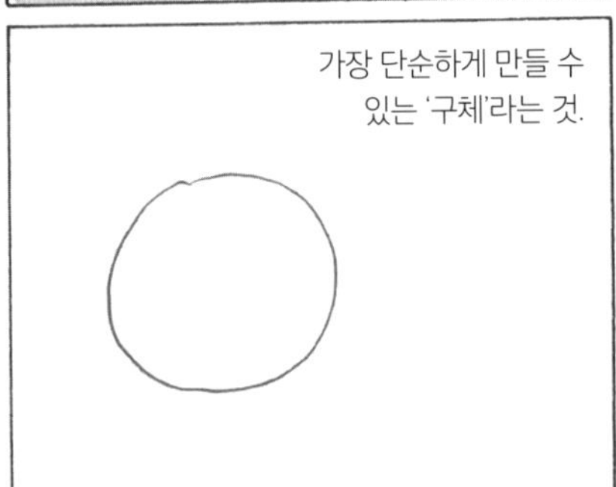
가장 단순하게 만들 수
있는 '구체'라는 것.

둥글게 뭉치는 작업은
왜 즐거울까요?
데굴
데굴

잠시
구체에 관한
생각에
잠기다

과연?

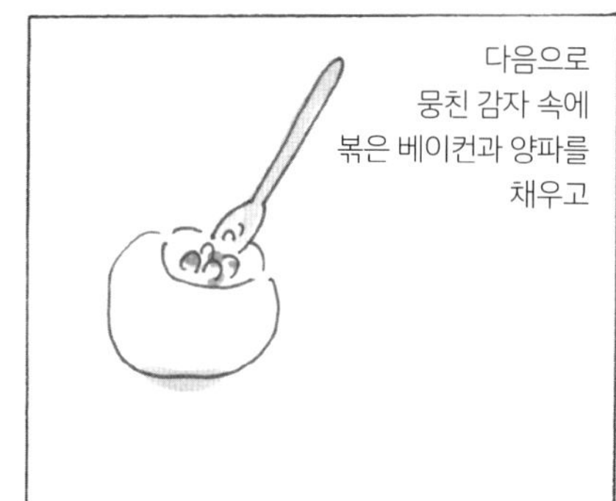
다음으로
뭉친 감자 속에
볶은 베이컨과 양파를
채우고

모양을 정돈해
15분쯤
삶습니다.

다 삶으면 녹인
버터와 링곤베리잼을
곁들입니다.
링곤베리?
그게
뭐야?

아아,
크랜베리
인가.
영어를
하나
배웠다.

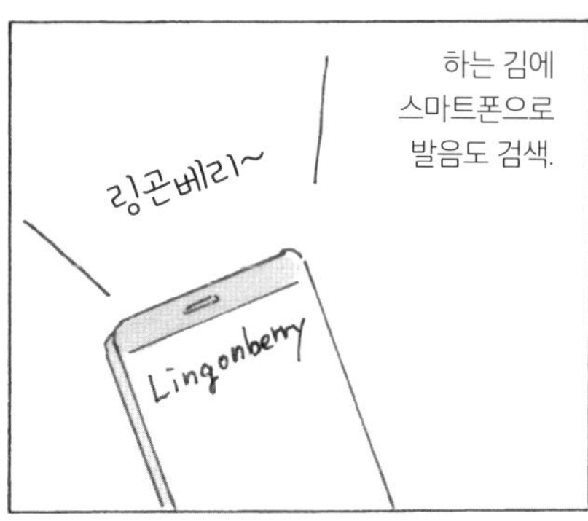
하는 김에
스마트폰으로
발음도 검색.
링곤베리~
Lingonberry

링곤베리~
응
할 수 있어~

링곤베리가
있을 리
없으니까
사과잼
이면
되겠지
~

크롭카카는 뇨키 같은
음식이었습니다.
맛있다!
좋아.

23

덥석

멕시코 '타코'

뒤늦게나마
넷플릭스를
이용하기
시작해서
아!
지금 막
나와요.
전화로
강의를
듣다
TV

〈사랑의 불시착〉
〈오징어 게임〉 같은
화제작을 봤고
TV

지금 푹 빠진 것이
〈타코 연대기〉
TV

멕시코에서 탄생한
타코를 마구마구
소개하는 방송인데
너무
맛있어
보여!
아~
진짜~

고향인 멕시코에서
타코를 먹는 사람들의

행복해 보이는
표정이라니!

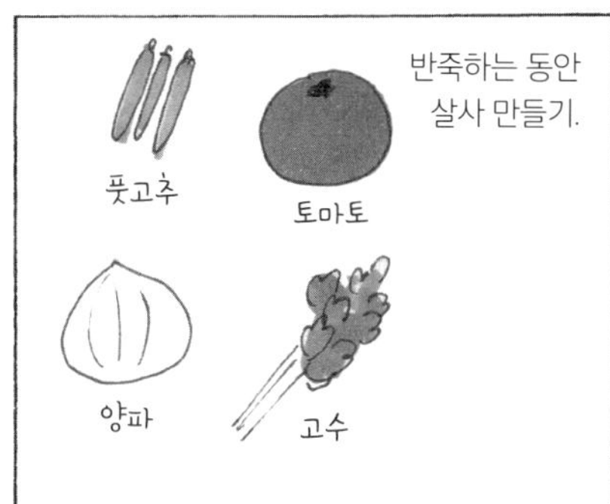
반죽하는 동안
살사 만들기.
풋고추
토마토
양파
고수

너무 먹고 싶어서
가게를 찾아
포장했습니다만
차가우면
좀 그래.
음~

채소를 잘게 썰고 섞어서
라임을 짜면 끝.
대단하다,
간단해!

〈타코
연대기〉
처럼
갓 만든
따끈
따끈한 걸
먹고 싶어
….

타코 미트는 다짐육에
시판 타코 믹스를 넣기.
굽고
섞으면
끝.

그런 이유로
토르티야부터 만들어
보기로 했습니다.
가자.

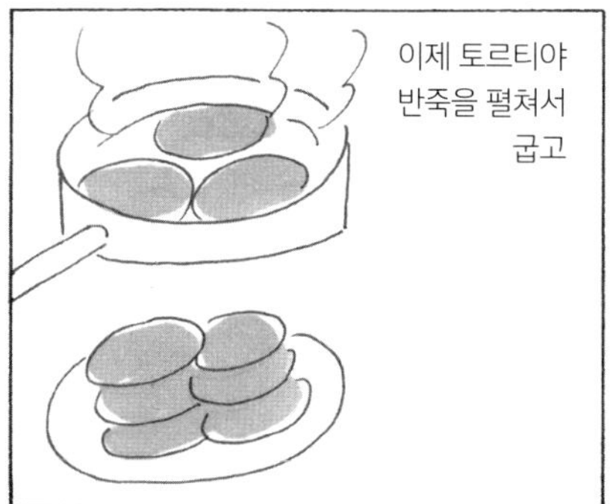
이제 토르티야
반죽을 펼쳐서
굽고

강력분과
옥수숫가루에
기름과 물을 넣고
반죽하기.
강력분
소비기한이
두 달 지났는데.
괜찮겠지

아마도 멕시코는
가지 못하겠죠.
브라질에는
갔지만.

토르티야에
타코 미트와
살사를 얹어
반으로 접기.

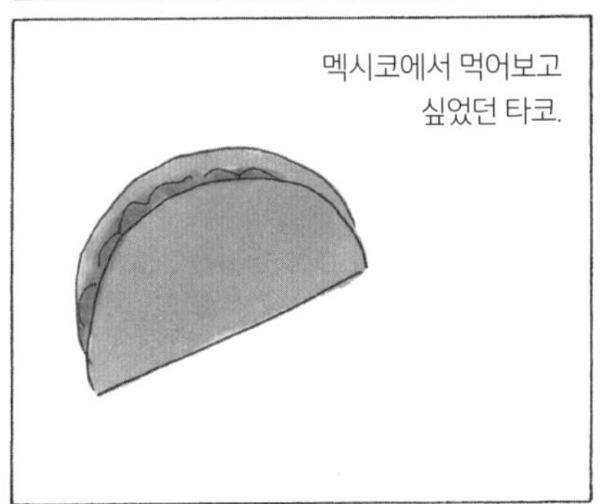
멕시코에서 먹어보고
싶었던 타코.

고개를 기울여서
먹는다고 합니다.
덥석

이 밖에도 많아요.
오스트리아의
슈니첼
이라든가.

따끈
따끈
맛있어!
응
응
응

포르투갈의
에그타르트
라든가.
황홀

어느새 남은
인생이 더 짧아져서
107세까지
산다면야
모르지만.
53세

잘 보니까
아.

일본에서도 먹을 수 있지만 현지의 공기와 함께 맛보고 싶어요.
맛있어
맛있어
맛있어

다들 마스크를 하고 있었어요.
코로나 세계인가.

최소한 기분이라도 내려고 구글 스트리트 뷰로 멕시코 시티에.
스마트폰

타코 가게를 찾아 여기저기 골목을 나아가는데
있다, 타코 가게!

적당한 골목에 착지했습니다.
도착.

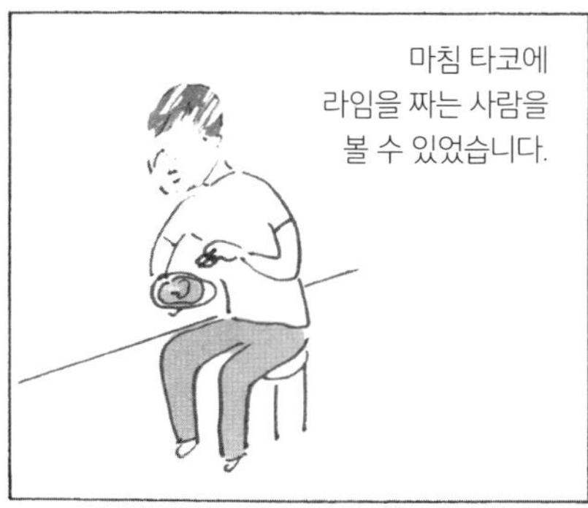
마침 타코에 라임을 짜는 사람을 볼 수 있었습니다.

돌바닥을 천천히 걸었어요.
뭔가 포장하는 사람이 있다.

24

이름 없는 요리

'부엌 탐험으로 만나고 싶은 것은,
가정의 행복한 미소를 만들어내는
아무것도 아닌 요리.'

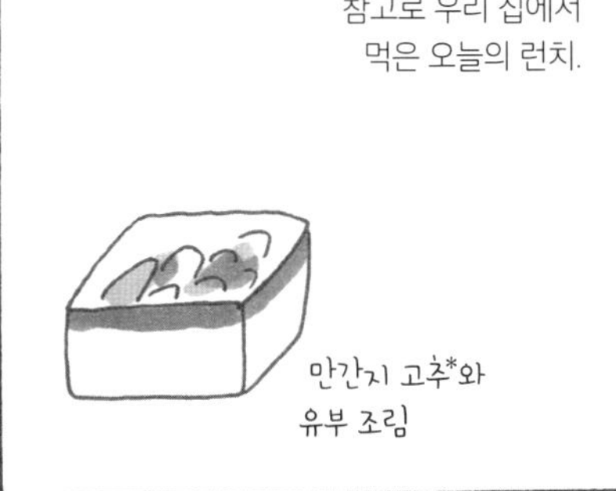

* 만간지 고추는 교토의 토착 품종으로 단맛이 나는 고추다.

초밥.
튀김.

밥과 된장국.

돈가스.
이렇게 알기 쉬운 것을 대답하게 되고

'이름'이라고 인식할 수 있는 건 이 중에서
'된장국' 뿐인가?
된장으로 만든 국

'만간지 고추와 유부 조림' 이라고는 말하지 않죠.
이해 못 할 테고.
하하

가끔 하는 화상 영어 회화 수업.
헬로.

이렇게 될 테니까
왓 이즈 만간지?
어 그게.

필리핀 사람인 선생님이 좋아하는 일식을 물었을 때
어 그게
어 그게

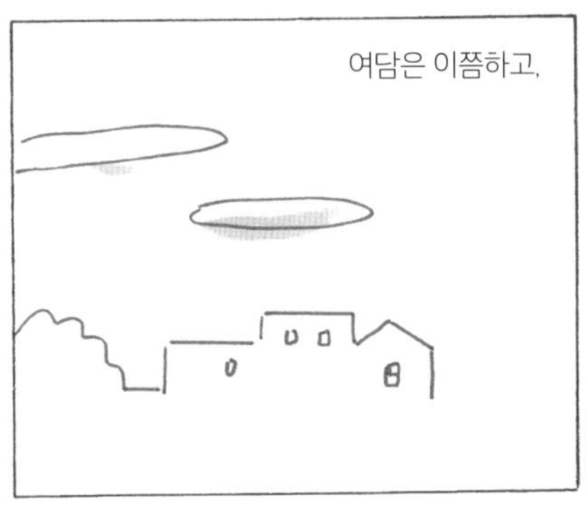
여담은 이쯤하고,

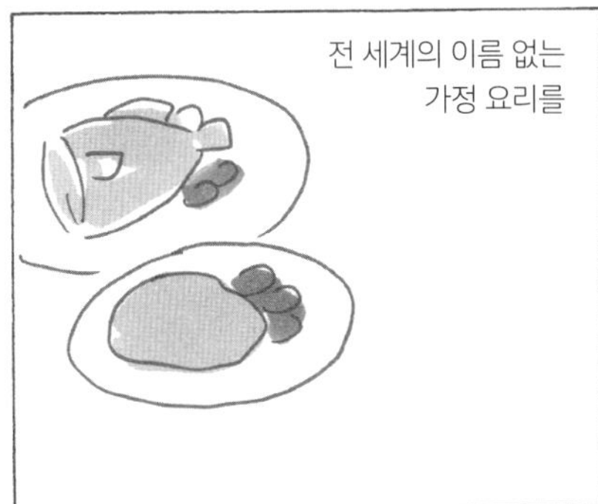
전 세계의 이름 없는
가정 요리를

저마다 자기 집에서
먹을 수 있는

그런 세계가
되기를
바랄 뿐입니다.

여담인데, 일본어로 하는
"어, 그게"는 선생님에게
자주 주의를 받는데
어 그게
어 그게

대신할 대사를
가르쳐
줬지만
You know….
Like….
Let me see….

그게 바로 나오지 않아서
어 그게

"어, 그게" 다음에
덧붙이는 결말….
어, 그게,
You know….

긴자 웨스트 아오야마 가든

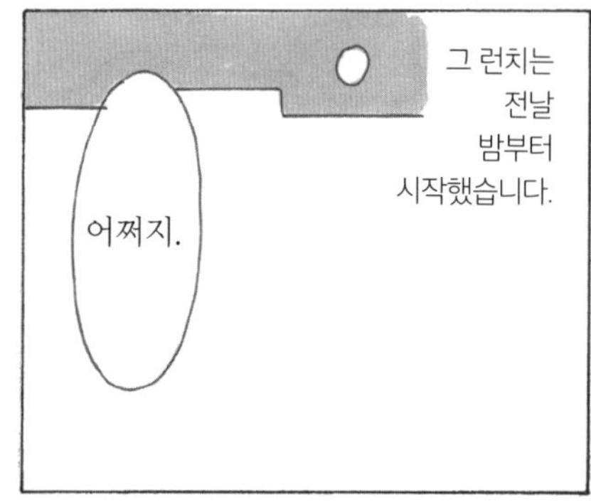

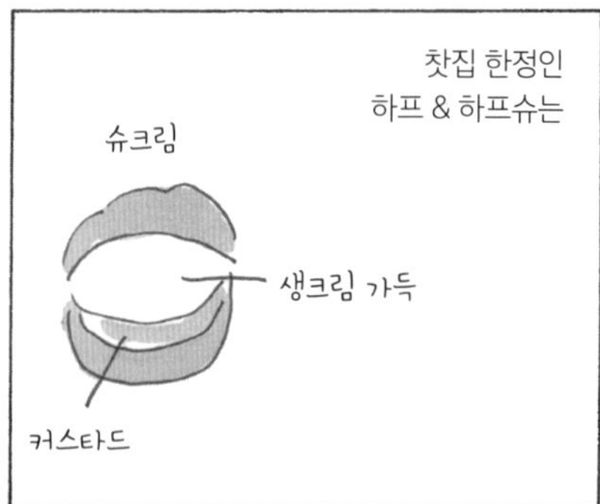

혹은 팬케이크 두 장.

그러나
긴자 웨스트의
완벽한
그 팬케이크.

둘 중 하나려나.

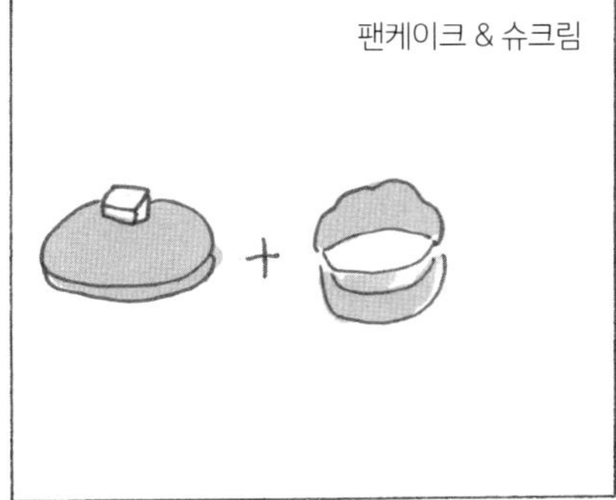
팬케이크 & 슈크림

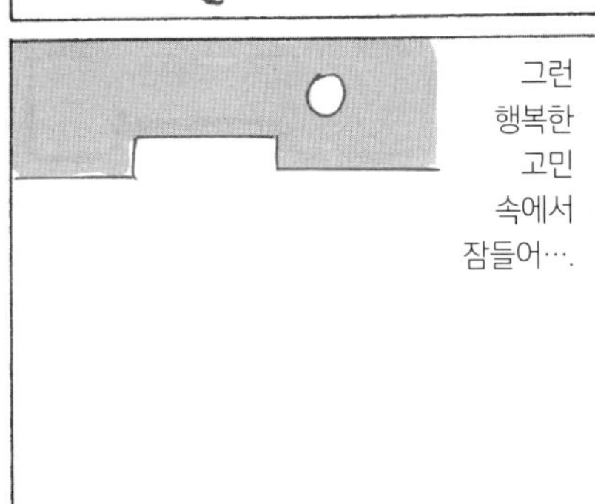
그런
행복한
고민
속에서
잠들어….

아니,
역시 너무
달지.

다음 날, 오픈 전에
가게에 갔더니
엇….

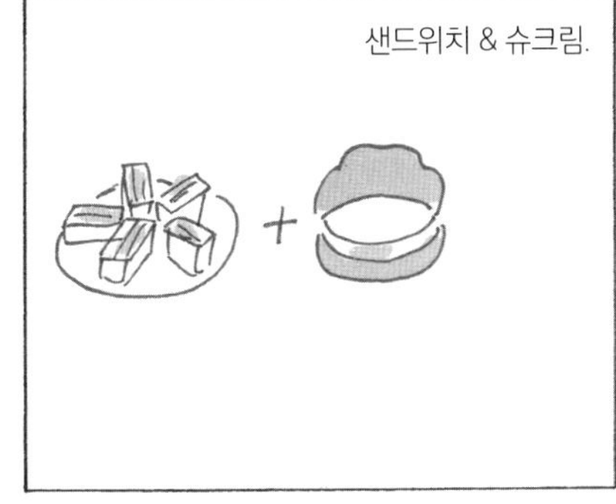
샌드위치 & 슈크림.

토스트 햄
샌드위치와
하프 & 하프슈를.
네
이후로 쭉
팬이었으니까
역시 오늘 런치의
마지막으로
먹고 싶어서

이미 긴 행렬이….
긴자 웨스트
쭉~
세상에
이런
느낌
이야?

물을 마시면서
기다렸습니다만
꿀꺽

세이프!
그래도
첫 번째 입장 때
어떻게든 앉을
수 있었습니다.

아니, 가게에서
무료로 제공하는 물은
산토리의 생수였습니다.

과자로 유명한
긴자 웨스트인데
창업 당시(1947년)는
레스토랑이었다고.
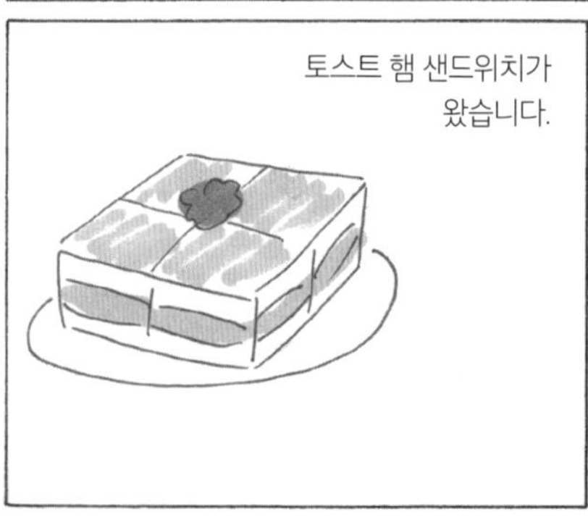
토스트 햄 샌드위치가
왔습니다.
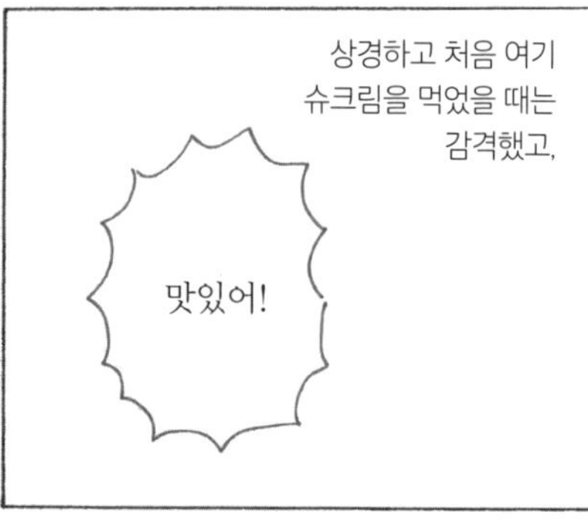
상경하고 처음 여기
슈크림을 먹었을 때는
감격했고,
맛있어!

달지 않으면서
듬뿍 든
생크림….
행복해서 아무
생각도 안 들어.
맛있어
하~

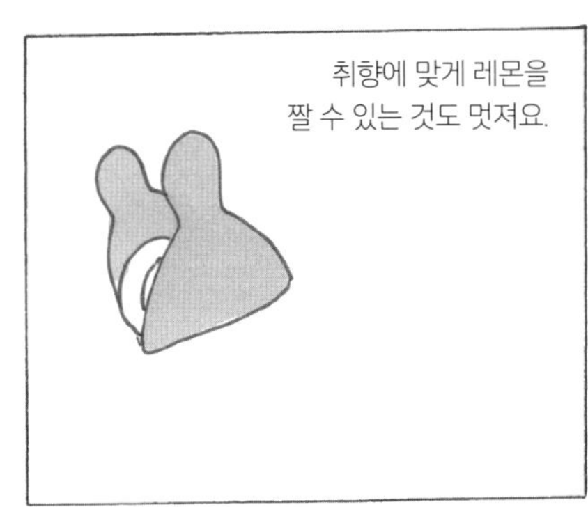
취향에 맞게 레몬을
짤 수 있는 것도 멋져요.

계산하면서
크림 하프를 포장.
그리고
고르곤
졸라
하프도.

이
레몬 짜는
기구 갖고
싶어….

집에 와서

두툼하게
자른 햄의
짠맛이
최고.
하~

슈크림들을
냉동고에 넣으면서
제 런치의 시간은
마무리되었습니다.
한동안
먹을 수
있어.

이어서
기다리고
기다리던
하프 & 하프슈
입니다.
나이프와
포크로.

26

순무 수프와 밀크 스틱

가루이자와
기분을 느끼고 싶어서

나카메구로의
'베이커리 & 카페
사와무라'에
갔습니다.
사와무라
멋지다
~

사와무라는 가루이자와에
본점이 있는 유명 베이커리.
맛있
겠다.

전에 가루이자와에서
먹은 빵 '밀크 스틱'을
잊지 못해서
그래도
정했어.

달콤한 빵을 런치로 먹는
'내게 주는 행복'
밀크 스틱과
순무 냉수프
주세요.

달콤한 빵이라면
역시 고등학교
시절의 점심 전
간식.
배고
프다~

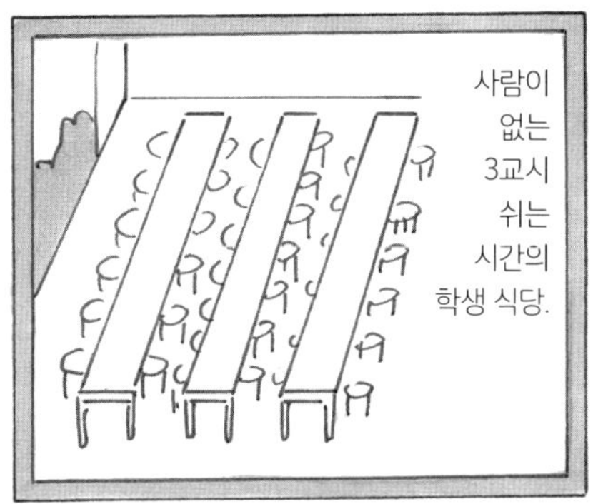
사람이
없는
3교시
쉬는
시간의
학생 식당.

다음
쉬는 시간에
매점
안 갈래?

거기에서
먹은 빵은
청춘의
맛이라고
할 수 있겠죠.
앞으로
2분.
OK.

뛰자.
응

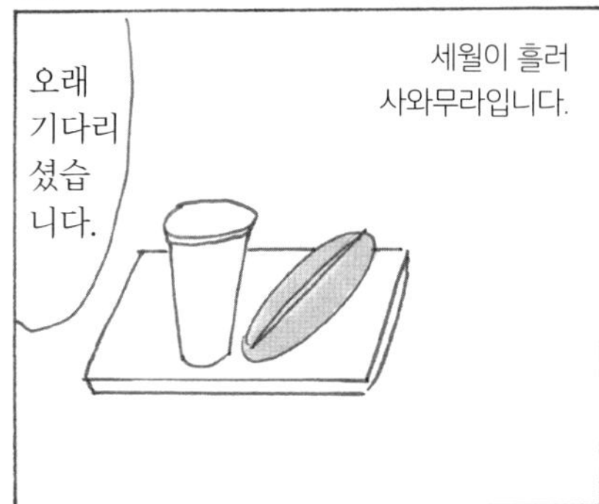
세월이 흘러
사와무라입니다.
오래
기다리
셨습
니다.

쉬는 시간은
10분,
매점까지
뛰어서 3분.
후
다
닥

순무 수프
맛있어.
우아

아줌마!
이거요!
그래
그래

기다리고 기다리던
밀크 스틱입니다.

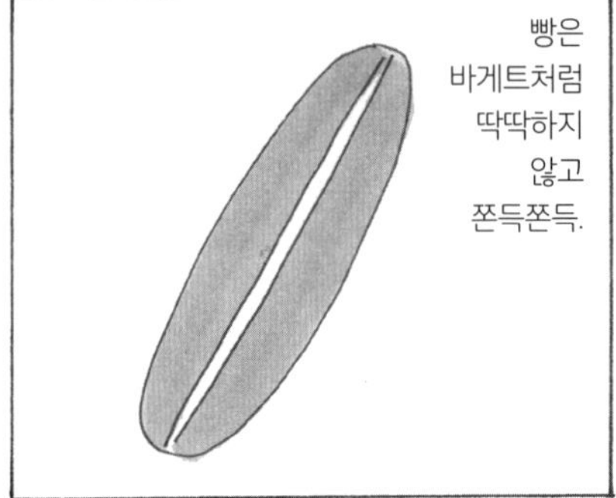
빵은
바게트처럼
딱딱하지
않고
쫀득쫀득.

버터가 듬뿍
들어간 밀크
크림은
그래그래,
이
까끌까끌한
거!

설탕의 까끌까끌한
식감이 과자 같아서
하~
게다가
이
죄책감!

살을
빼고
싶지만
응 응
이걸 먹지
못한다면
시시하지.

많은 것이 아무래도
좋아지는 한때를
선물 받았습니다.
될 대로
되라지~
덥석

사와무라에서
나와
대
만족~
사와무라

메구로
강변을
산책.

노래방
화면
배경.

드라마의
무대로
자주 나오는
곳입니다.

어디인지
알아!
여기
걸었어

도쿄에 오기 전에는
도쿄란 텔레비전 속
세계여서

흣
도쿄
사람
다 됐네.

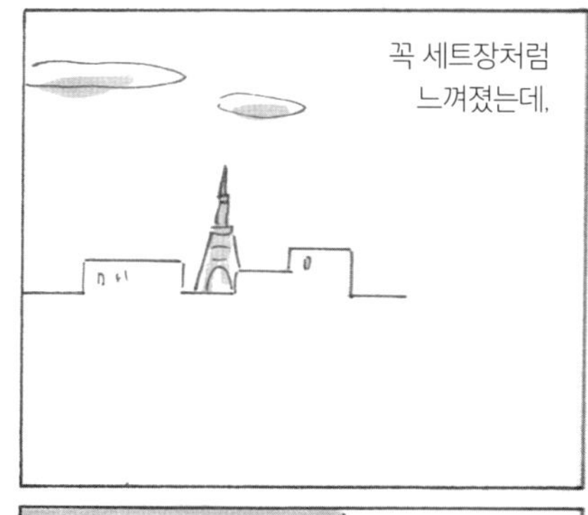
꼭 세트장처럼
느껴졌는데,

도쿄에서 먹은
음식으로 이루어진
저 자신이 왠지
신기했습니다.
오늘은
밀크 스틱이
들어갔습
니다~

도쿄에서
생활이
길어지면서
어느 날,

27

수박 샌드위치

맛있는 과일
샌드위치
먹고 싶어.

그래서 찾아봤더니,
수박
샌드
위치.
엇

세상에
수박을
식빵에
끼워서
먹어도
되는구나~

그래서 런치로
만들어보았습니다.

요구르트의 물을
제거해

설탕을 넣고
거품을 낸
생크림 투입.

수박이 크림으로
코팅되어서
빵이
축축해지지
않아.

식빵 두 장에 크림을 바르고
수박을 얹은 샌드위치.

결론
맛있어!

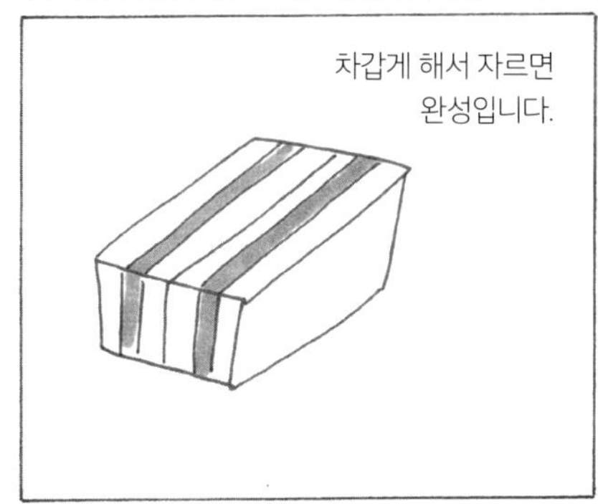
차갑게 해서 자르면
완성입니다.

여름, 식욕이 없는
시기에 좋을 것 같아요.
나는
언제나
식욕이
있지만.
살 빼고
싶어

참치회
처럼
보이네.
하
하
하

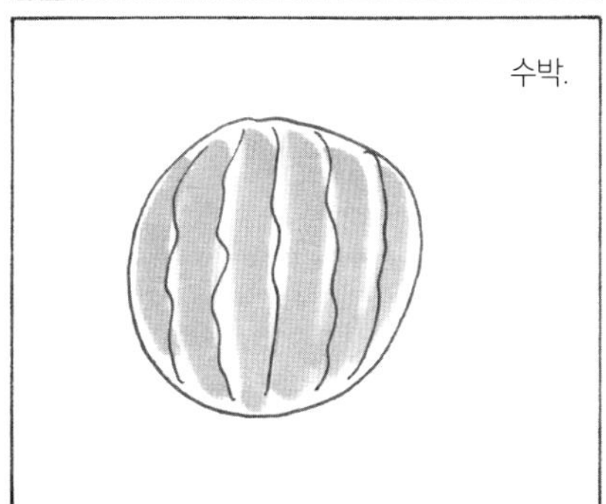
수박.

수박은 서걱서걱
빵은 폭신폭신
서걱
폭신.

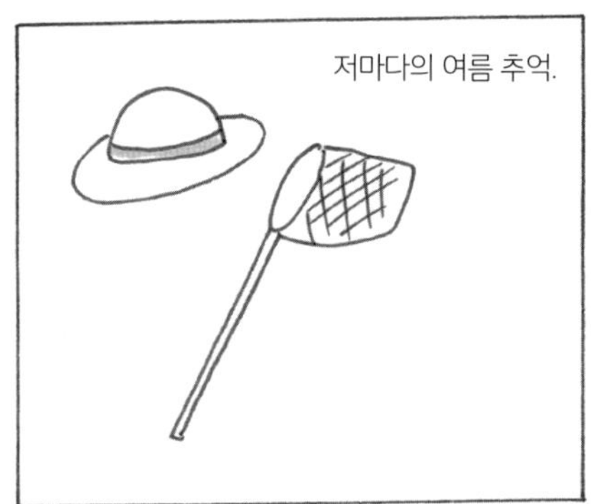

초등학교 급식에
수박이 나왔을 때.

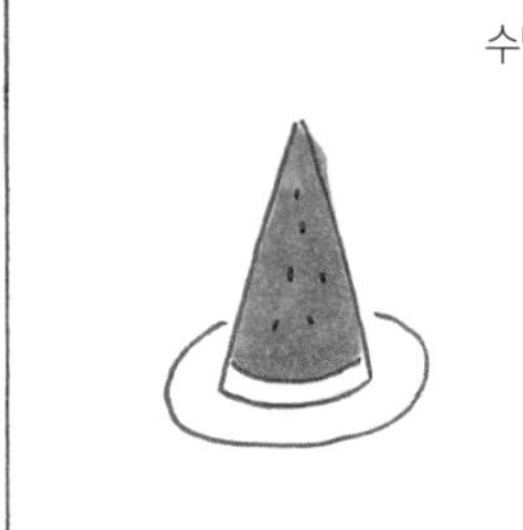

반 남자애가
장난으로
껍질까지 전부
먹었는데

놀이
시간에 했던
수박 깨기.

재미있게
하려고
일부러 다른
방향을
알려주는
아이들.

그중에서

절대로
거짓말을 하지
않는 아이의
목소리를
찾아요.

생각해보면
응?

에잇!

이 '수박' 이외에는
독특한 과일 샌드위치가
없을 것 같아.

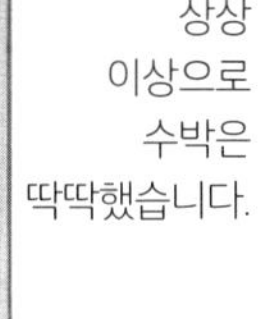
상상
이상으로
수박은
딱딱했습니다.

배, 복숭아, 앵두,
딸기, 바나나, 멜론,
무화과, 사과, 파인애플.
어느 과일 샌드위치든 먹어본 적 있어.
응

그건 그렇고

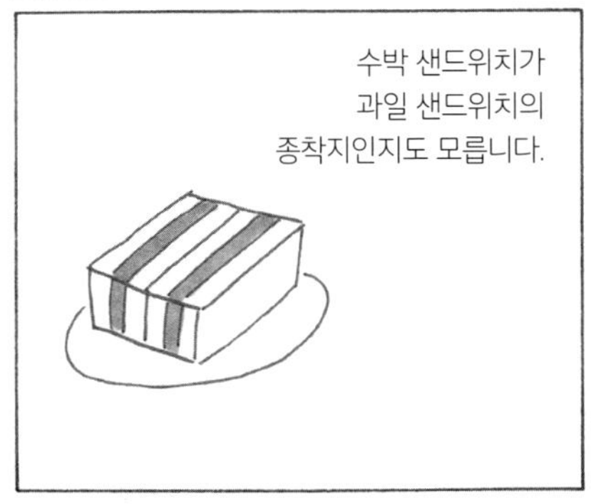
수박 샌드위치가
과일 샌드위치의
종착지인지도 모릅니다.

수박 샌드위치.
맛있었어!

유명한 가게의 스파이시 카레

사 온 향신료를
부엌에 늘어놓자

우리 집에 있는 향신료는
커민과 카르다몸 정도.
카르
다몸
커
민

왠지
되게
요리
잘하는
사람
같아.
아님

곧바로
향신료를
사러
갔습니다.
이거랑
이거.

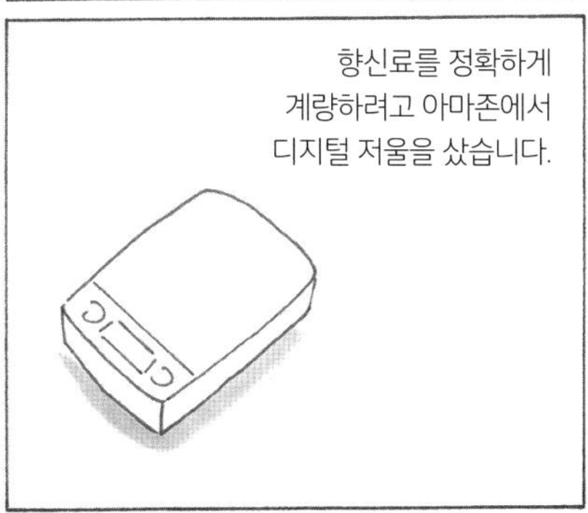
향신료를 정확하게
계량하려고 아마존에서
디지털 저울을 샀습니다.

이번에
도전하는
카레는
포크빈달루.
비네거가
들어간
조금 시큼한
카레.
레드와인
비네거

이 시점에서
이미 7,000엔
정도인가?

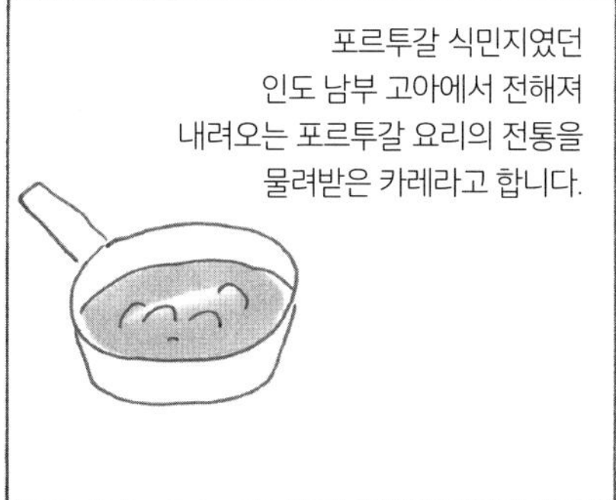
포르투갈 식민지였던
인도 남부 고아에서 전해져
내려오는 포르투갈 요리의 전통을
물려받은 카레라고 합니다.

그 말을
들은
아버지가
인도
카레
한 번은
먹어보고
싶군.

거기에 돼지고기, 양파,
토마토, 마늘, 생강 등도
샀으니까
1만 엔
카레
런치
잖아.

포장해서
런치로
먹었습니
다만
이런
나한텐
안
맞네.

실패는 용납할 수
없습니다.
으으음

아버지는 한 입
먹고 포기했고,
엄마가 소면을
만들어주었습니다.
후루룩

그러고 보니 전에
본가 근처에
인도 요리점이
오픈해서
인도 카레

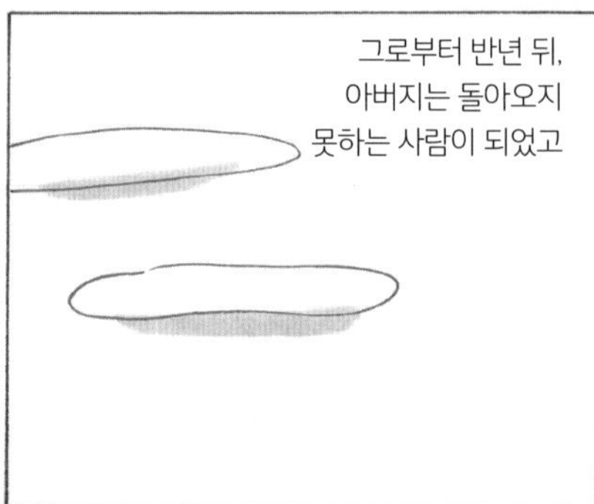
그로부터 반년 뒤,
아버지는 돌아오지
못하는 사람이 되었고

인도 사람들이
운영한다더라.
엄마
오~

자, 유명 카레 가게의
레시피로 만든
포크반달루 카레.
본격적인
좋은
냄새!

그 카레가
명복을 비는
선물이 된
셈이네.

식초로도
맛이 잘
나네!
소금을
별로
안 썼는데

먹는다는 것은
산다는 것.

시큼한
인도
카레.
하 하 하
아마
아버지는
이것도
안
맞았겠지.

고인과 함께한
식사의 추억은
세월의 흐름에
비례하는
것처럼

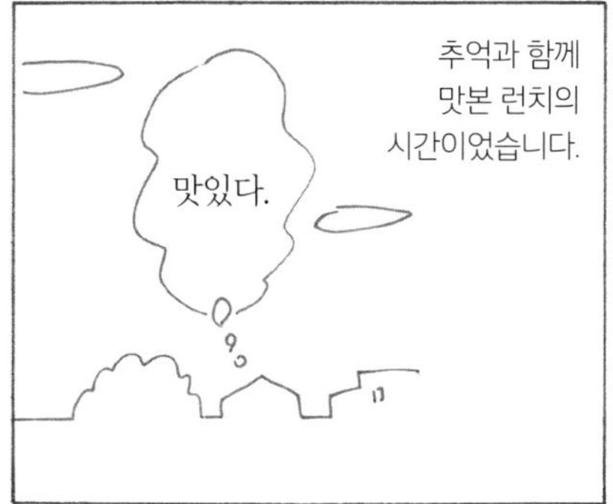
추억과 함께
맛본 런치의
시간이었습니다.
맛있다.

더욱더
선명해집니다.

29

팝오버!

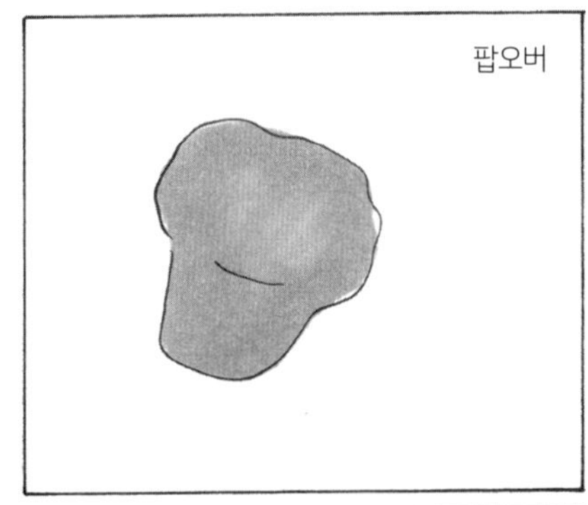
팝오버

라는 빵을 레스토랑에서
먹은 적 있는데
이게
뭐지?

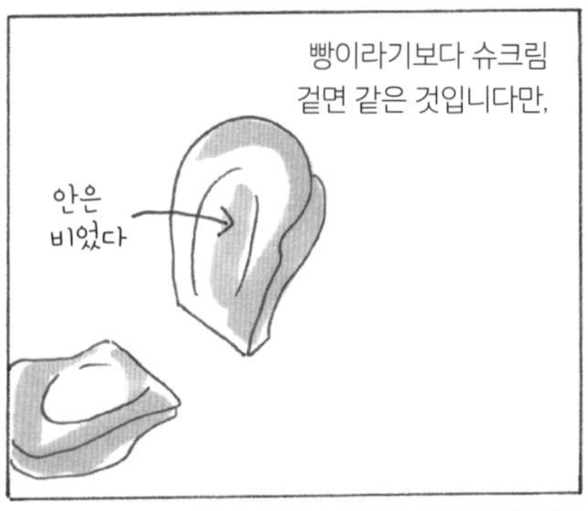
빵이라기보다 슈크림
겉면 같은 것입니다만,
안은
비었다

원래 저는 슈크림 안의
크림보다 겉을 더 좋아해서
맛있다!
엇

또 먹고 싶다고
생각했어요.
팝오버
최고!

예상치 못한 곳에서
재회했죠.
도착했다~
가루이
자와.

여행 온 가루이자와에는
팝오버가 있는 카페가
간간이 있어요.
오
가이드북

모닝 세트로 내는
가게가 있어서
이른 런치로
팝오버.

먹으러 갔습니다.
팝오버

가루이자와역 근처의
정취 있는 카페,
테라스석도 있습니다.

팝오버 모닝 세트는
11시까지로,

기다리는 동안 하라고
나무 퍼즐을 줬습니다.
어디

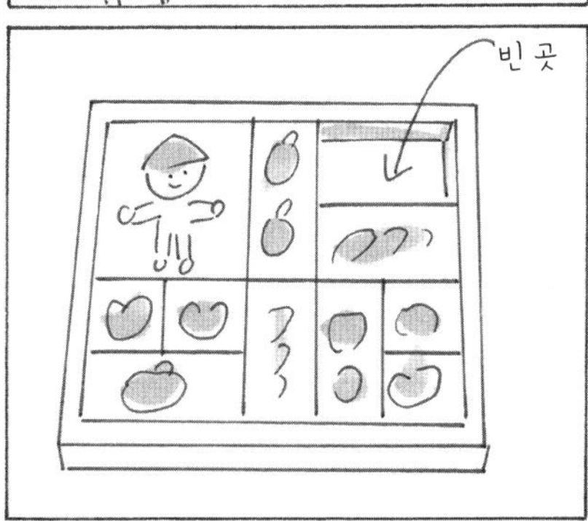
빈 곳

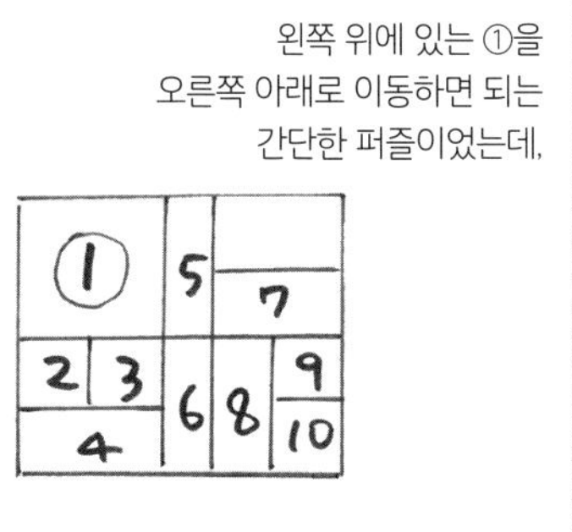
왼쪽 위에 있는 ①을
오른쪽 아래로 이동하면 되는
간단한 퍼즐이었는데,
1
5
7
2
3
6
8
9
4
10

갓
구웠어~

생각보다
어렵네.
어라?
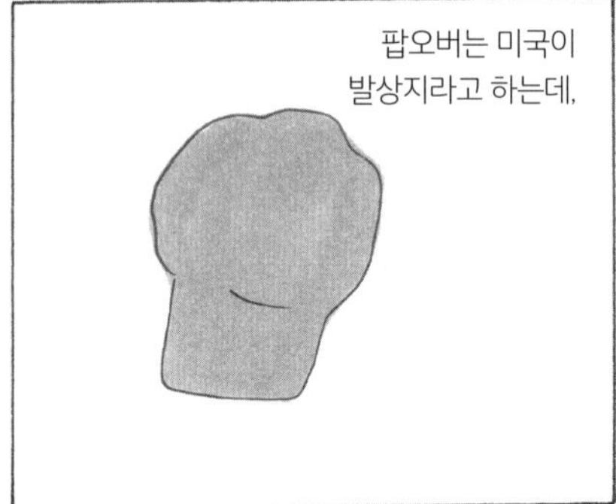
팝오버는 미국이
발상지라고 하는데,

주위를 보니
다들 필사적!

본 적 없는데
그렇구나.
영화나
드라마에서
먹는 장면을

이글
이글
다른 팀을
이기고
싶어!

언젠가 본고장에서
먹어보고 싶어

퍼즐을 하는 도중에
요리가 나왔습니다.
팝오버
오

다른
테이블에서도
"됐다!"라는
소리가 들리지
않았는데

라고 할
정도로
드문 음식은
아니지만

도쿄에 돌아온 뒤에도
문득 떠올리고
어려웠지~

가루이자와에 왔을 때는
꼭 먹어야지!
응
응

도전 정신을
불태웠으니까
정답이
있긴 해?

라고 생각할 정도로는
맛있어서
잘
먹었
습니다,
그럼.

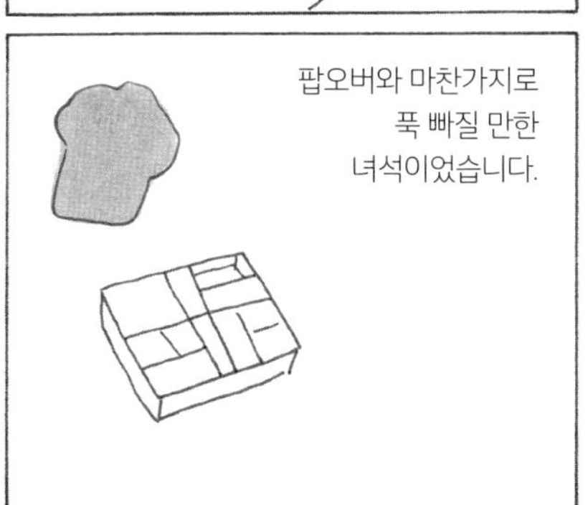
팝오버와 마찬가지로
푹 빠질 만한
녀석이었습니다.

보기보다 난해한 퍼즐과
한 세트가 될 것 같아요.
모르겠어!
악!

30

서서 먹는 소바

가루이자와
여행
즐거웠지.

여름에도
시원하다.
피서지일
만하네.

자, 신칸센을
타고 도쿄로.

그
전에.

JR 가루이자와역에 있는
서서 먹는 소바.
마지막
런치.
응
응

우선은 식권.

카운터에
제출.
잘
부탁
합니다.

하얀 파만
들어간
이 단순함.

기다리기를 몇 분.

후룩
부드러워서
먹기 좋은
소바.

소바 등장.

여행 마무리의
이런 한때가

잘
먹겠습
니다.

'가루이자와,
또 오고 싶어'라고
생각하게 해주었습니다.

맛있다.

31

구찌 레스토랑

긴자의
구찌 레스토랑
'오스테리아'에서
여자 둘이 런치.
디즈니
랜드
같아.

여기
구나~
귀엽다!

엘리
베이터를
타고
4층
으로.
아, 구찌 옷을
입은 사람이
있어.
아님→

이런
자리로
안내해
주었습니다.

런치는 코스 하나.
리소토에
송로버섯을
추가로
얹겠는지
물어서
네,
해주세요.

또 무알코올 배 주스와
탄산수를 주문.
송로버섯과
주스와
탄산수는
대체
얼마일까?

무심코
웃었다
아하하

처음으로 나온
접시를 보고
충격을
받았습니다.
엥?

게다가 그게 무지무지
맛있었어요.
콜리플라워
크림과
청어?

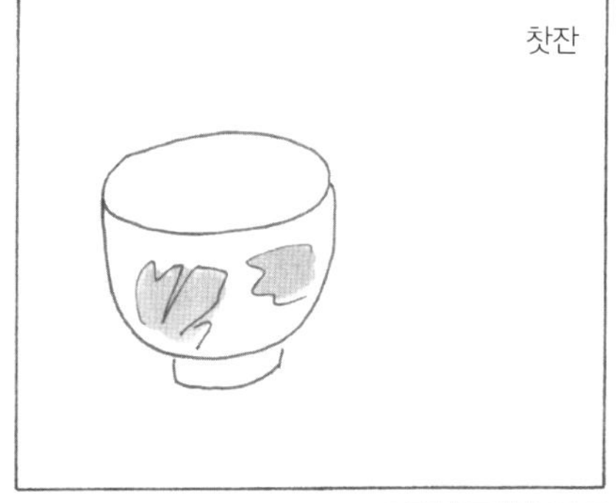
찻잔

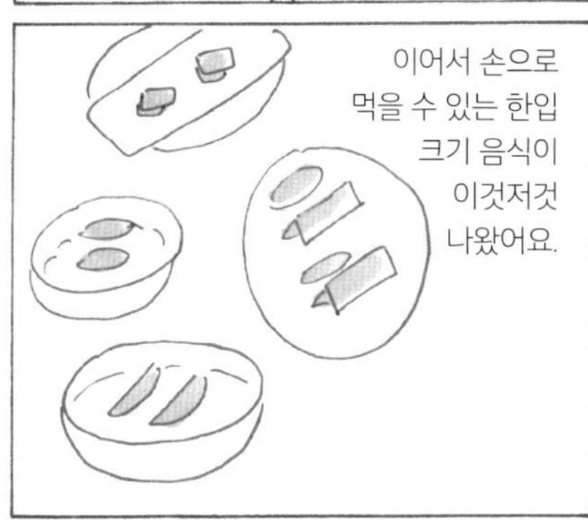
이어서 손으로
먹을 수 있는 한입
크기 음식이
이것저것
나왔어요.

을 거꾸로 한

이렇게 끝까지
손으로 먹고 싶다.
재밌다

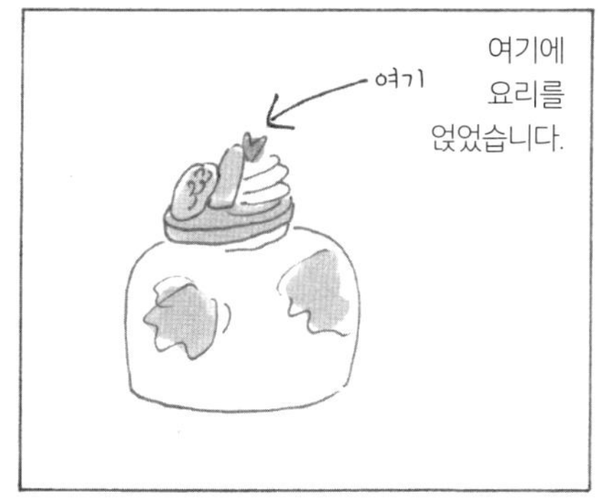
여기에
요리를
얹었습니다.
여기

메인 요리.

Pizza non pizza

* 좌석 등급에 따라 다른데 가장 저렴한 요금이 2만 엔 정도이다.

32

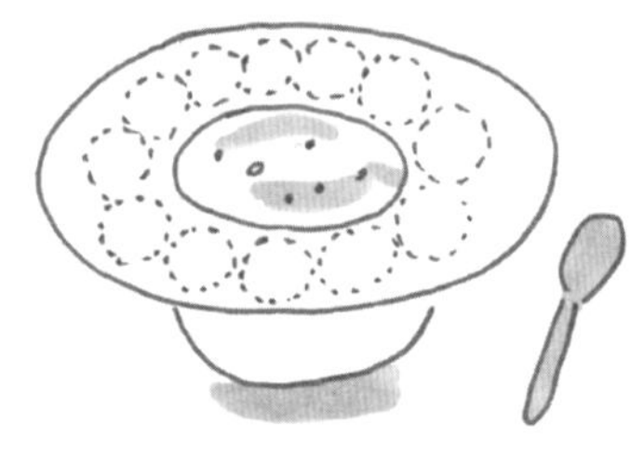

돼지감자 수프

도쿄
오모테산도라는
세련된
지역에는

세련된
부티크나
세련된
카페,

아오야마가쿠인
이라는
세련된
대학도
있어서,

세련되게 꾸미고
외출하는 곳입니다만,

코로나 전과 비교하면
마스크가 있으니까
비교적 편해졌습니다.
평범하게
가도
되겠지.

볼일을 보기 전에
시간이 남아서
오모테산도에서
혼자 런치.
11시니까
자리
있을 것
같아.

'집과 정원'은 의류 브랜드
'미나 페르호넨'에서
운영합니다.
메뉴도
멋져~

스파이럴이라는
세련된 빌딩 5층의
카페 '집과 정원'으로.
멋지다.

참고로
이 원고를
그릴 때까지
'미나 호르페인'
인 줄 알았습니다.
세상에

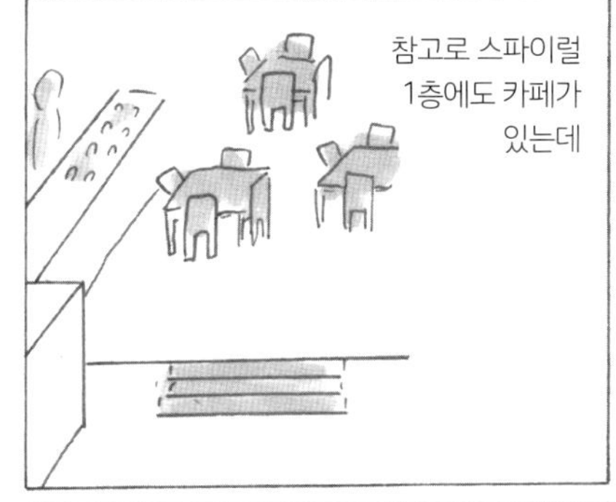
참고로 스파이럴
1층에도 카페가
있는데

메뉴에는 수프나 샌드위치,
카레 등이 있는데
'하얀
수프'
주세요.

거기는 세련된
사람들의 미팅 장소로
유명해서 패션 잡지
관계자를 자주 봐요.
코로나
중이어서
알 수
없지만.

이날 제가 주문한
'하얀 수프'는 돼지감자
포타주 같았습니다.

자, 런치입니다.
어디
어디

갇힌 세계에
있는
개인적인
공간.

실내 외에
널찍한
테라스석도
있어서

하늘만이 세계와
연결된 곳.

테라스석도
좋았겠다~

지금 잠깐
공상 속
테라스에
갔었어.
핫

테라스가
있는 집을
동경합니다.

수프가 나왔습니다.

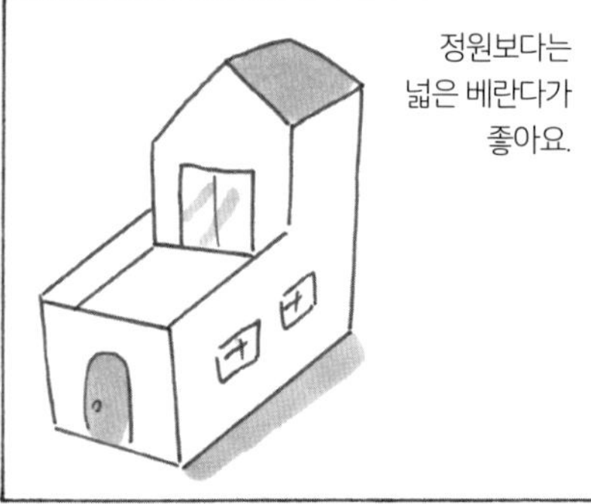
정원보다는
넓은 베란다가
좋아요.

나이에
구애받지 않고
세련된 장소와
연결될 수
있다니 좋다.
응 응

식기는 전부
미나 페르호넨 제품.
진짜
멋지다~

추가로 디저트까지
든든히 먹고
잘
먹었습
니다.

돼지감자 수프는
맛이
연해서
몸에 좋을 것
같았어요.
핑크
페퍼가
좋은
자극이
되네.

물론 그다음에
터벅
터벅
터벅

손님은 대부분 여성이고,
나이 있는 분도 많은 것은

점포에서 수프 접시의
가격을 체크하고
돌아왔습니다.
7,480엔
이라니!
오

바로 옆 미나 페르호넨
판매원의 나이가 다양한
덕분일지도 모릅니다.

33

오래
기다리셨습니다

럭셔리 프렌치 런치

오모테산도
프렌치 레스토랑
'브누와 도쿄'에서
런치.
일냈네.
하~

들어오자마자 저는 벌써
큰 실수를 저질렀습니다.
하~

안녕
하세요.

사실은
말이죠.

아까 실수로
남자 화장실을
당당하게
썼어요.
으~

럭셔리 프렌치 레스토랑에서 한
첫 마디가 화장실 이야기인
저였습니다.
하~

수프도
좋겠는데
를 생각하는
시간은

런치 코스는 3종류.
애피타이저 + 메인 + 디저트
애피타이저(×2) + 메인 + 디저트
애피타이저+메인(×2) + 디저트
어디~

바닷
가재찜….
어른의
즐거움이죠.

으아~
고민된다.
이 가게는 코스여도
애피타이저와 메인
메뉴가 정말 많아요.

정했어요.
좋아

애피타이저로
'굴 그라탱'이라~

빛이 내리쬐는
빌딩 최상층.

메인은
가리비로
하고 싶어.
'무엇을
어떻게
조합해서
나의 코스로
만들 것인가'
음~

먼저
애피타이저로
고른 브로콜리
수프가
나왔습니다.
어?
오래
기다리셨습니다

새하얀 테이블보에

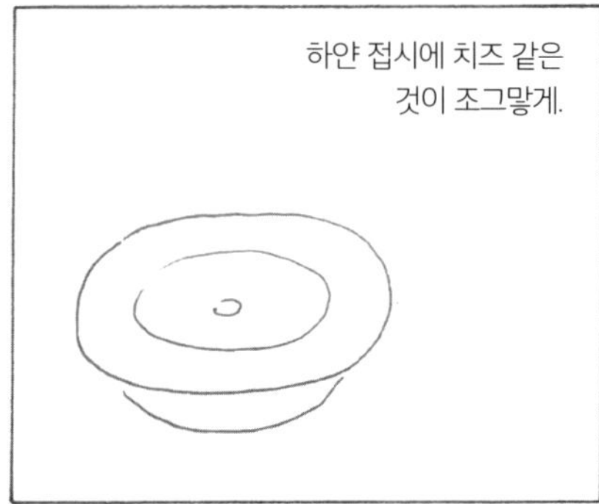
하얀 접시에 치즈 같은
것이 조그맣게.

빨간 소파.

바로
다음에
주전자로
수프를
따라
주었습니다.
깜짝
놀랐다.

홀 스태프의
앞치마와
마스크도
빨간색이어서

우아,
대단하다,
브로콜리.
맛있어

왠지
파워레인저
같아.
강해 보여
그래도
예쁘다

프랑스 요리는
수프를 먹을 때면
스푼의 이곳으로 먹는다

라는 소리를 들은 적이
있는데 정말일까요?
일단
해본다

메인, 디저트,
커피까지 달리고
맛있었고
즐거웠어.

주변 사람들을 둘러봤는데

지금 이곳에는

고민이 있는 사람은
한 명도 없어요.

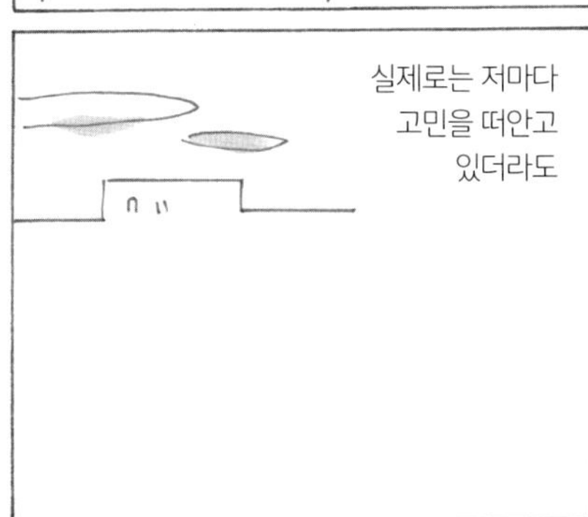
실제로는 저마다
고민을 떠안고
있더라도

한 장의 사진처럼
아름다웠습니다.

34

미술관에서 런치

그래서 한번 가보았습니다.
그런데

디올을 보러 가는 사람은 뭘 입고 가지?

미술관에 도착했습니다.
어?

평일 오픈 10시에 갔는데 이미 긴 행렬이….
선예매가 있었나.
으아

도쿄도 현대 미술관.
크리스찬 디올 전시회?

좀 궁금 하네.
양복 전시는 어떻게 하는 거지?

그 이름도
'2층 샌드위치'
얏
얏
얏

티켓을 사려고
30~40분을
기다렸는데

셀프서비스 카페로
샌드위치가 메인인 것
같아요.
재미
있을 것
같아.

저를 포함해
대부분 평범한
옷차림이었습니다.

계산대 앞에는
다양한 샌드위치가 가득.
쭉~

드디어 티켓을 입수.
13시~
13시 30분
입장
티켓.
휴

진짜
맛있겠다.
어! 산초와
겨자 달걀
샌드위치?

입장 시간이
정해져 있어서
먼저 런치를
먹기로.
2층
인가.

원래도 미술관에
도착하면 차부터 마시고
싶은 쪽이에요.
포근해

그리고 뜨거운 커피.

실은
기념품 가게도
먼저 가서
사고 싶어.

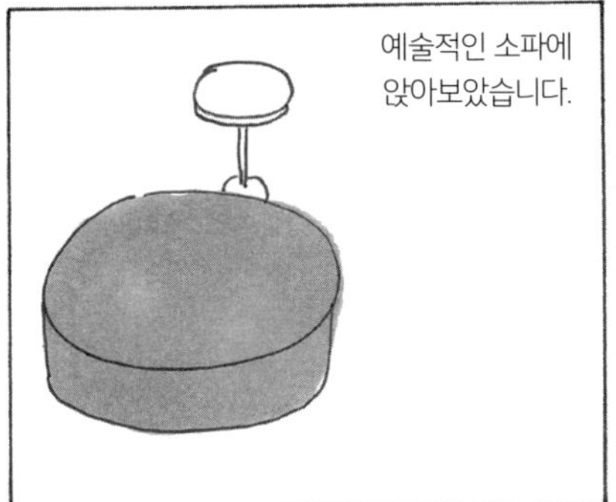
예술적인 소파에
앉아보았습니다.

시간 배분을
생각하지 않고
관람하고 싶은
마음일까요?
달걀
샌드위치
알싸하다.

의외로
편하네.

카페 창문 너머로
널찍한 테라스가
보였습니다.

미술관 2층에서
먹는 샌드위치.
꼭 이벤트
같아~

찰칵
요즘 전시회는
사진 찍어도 되는
곳이 많죠.
찰칵

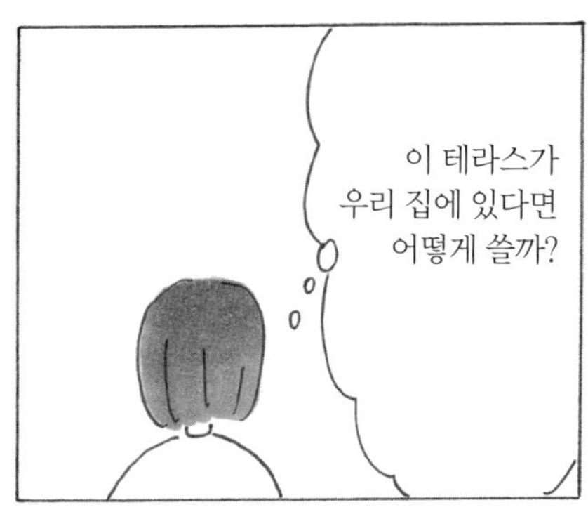
이 테라스가
우리 집에 있다면
어떻게 쓸까?

찰칵
안 되던
시절에는
뭘 했더라?

이런 생각을
해보는 것도
또 예술일지
몰라요.

디올 옷,
전부 비싸
보여.
그건
그렇고

슬슬
갈까.
좋아

공상은
무료니까.
한참이나 머릿속에서
'마스다 미리 패션쇼'를
즐겼습니다.

'크리스찬 디올
꿈의 쿠튀리에전'

송로버섯이 들어간 샤오롱바오

숟가락 안의 작은 우주.
육즙부터.

먼저 숟가락에
살포시 얹기.

양념에
먼저 찍어 먹는
방법도
있습니다만
개인적으로
이대로가
좋아.
맛있어

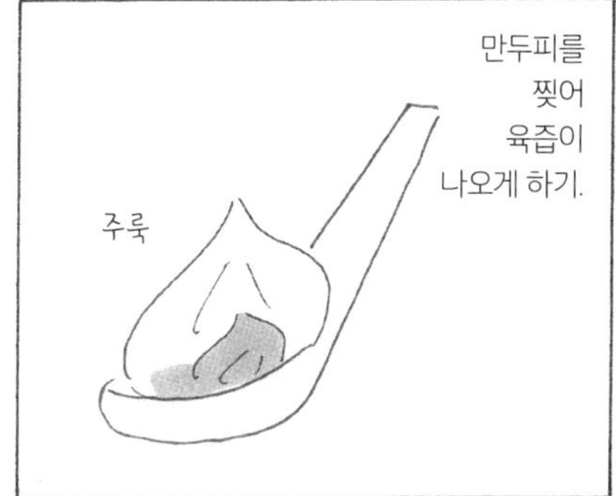
만두피를
찢어
육즙이
나오게 하기.
주룩

이어서 송로버섯이
들어간 샤오룽바오.

이 포인트

2개에 1,050엔.
하나에
500엔이
넘어.

정말 좋아~

본고장 딘타이펑에서
런치의 시간.
나

샤오룽바오가
떡 나와서

다들
순간적으로
자기 몫을 계산
한 명당….

하는 것이
표정으로
드러나서
재미있었습니다.
그렇지.

송로버섯 향이
입에 서서히 퍼지는데
후아~

나는 지금 사치를
부리고 있구나.

이런 알기 쉬운
감정을 느꼈답니다.
휴우

그러고 보니 전에
타이완 패키지
여행에 혼자
갔을 때.

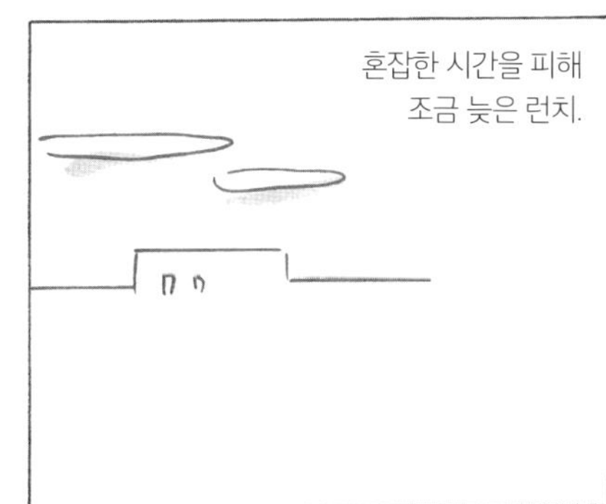

* 매콤새콤한 맛이 특징인 중화요리.

36

작가가 다닌 가게

'가쓰키치 스이도바시점'
가쓰키치
여기 다.
돈가스

미팅을 겸해 돈가스 가게에서 런치입니다.
안녕 하세요.

메뉴가 크네요.
이 페이지가 다예요.
하하하

어, 뭐로 하지. 정하셨 어요?

저는 유명한 안심 돈가스 정식이요.
저는 새우 가스와 안심 돈가스 세트요.

저는 원조 돈가스 덮밥을 안심으로 시켰습니다.
기대 돼요~
저희도 처음이에요.

제일 먼저 3인분의 양배추가 두둥 나타났습니다.
두둥

우물
'미시마'는 어떤 메뉴를 좋아했을까요?

미역이라니 드물죠.
미역이 들어 있네요.
돈가스인데 이런 시스템은 처음이에요.

확실히요.
안심보다는 등심일 것 같아요.

이 가게는 미시마 유키오도 다녔다고 해요.

미시마 유키오가 자주 먹은 메뉴….
계산하면서 본 계산대 옆에 있던 자료에 따르면

원조 돈가스 덮밥이 왔습니다.
스푼
자른 김이 수북이

'소등심 스테이크 정식' 이야. 돈가스가 아니야!
엇!

맛있어요~
그러네요!
고기가 정말 부드러워요!

37

퍼스트 클래스 런치

어,
여기야?

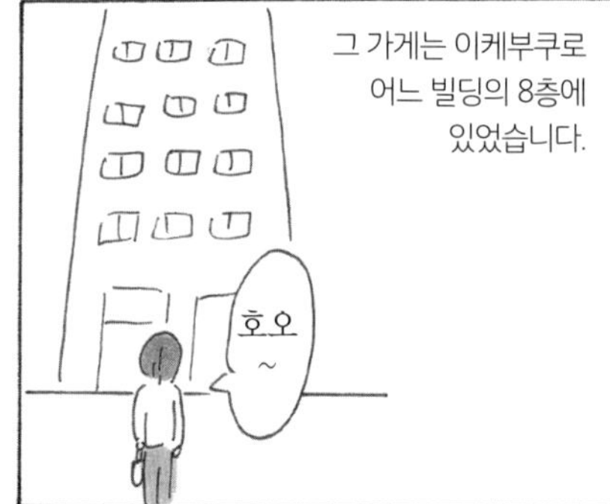
그 가게는 이케부쿠로
어느 빌딩의 8층에
있었습니다.
호오
~

비행기(퍼스트 클래스)를
타고 해외여행을 가는
설정으로
하
하
하
접수했더니
여권 같은
공책을
주네.

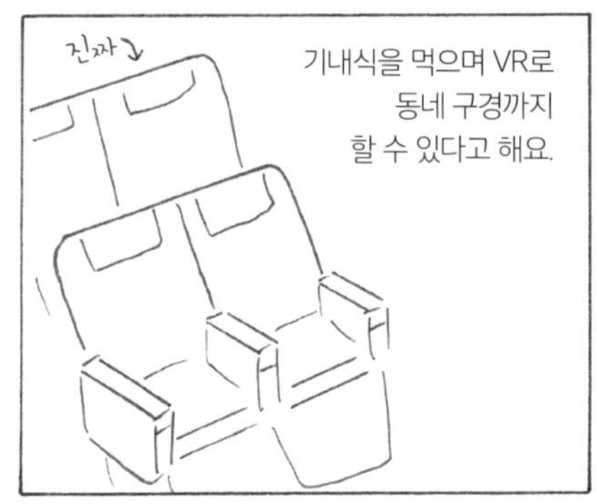
기내식을 먹으며 VR로
동네 구경까지
할 수 있다고 해요.
진짜

버추얼
항공 시설
'FIRST
AIRLINES'.
진짜
비행기
같아요.
네.
편집자

산소마스크 설명이나

대단하다!
우아, 리얼해!

하 하 하
살짝 설레네.
이륙 합니다.

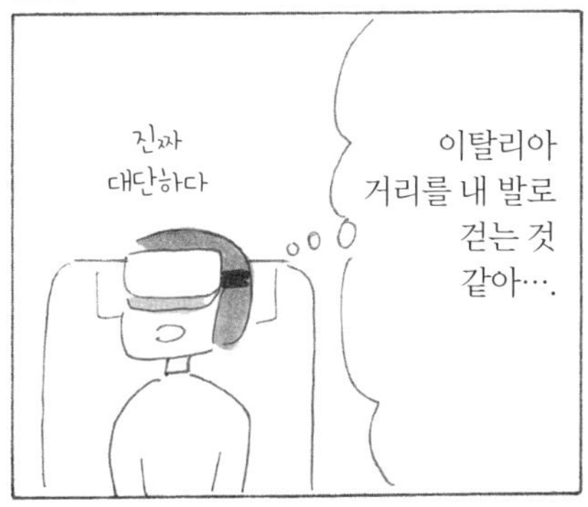
진짜 대단하다
이탈리아 거리를 내 발로 걷는 것 같아….

이륙할 때 좌석 진동까지 일일이 리얼해요.
오~
고
고 오 오

돌아보면 뒤에도 경치가
빙글
어?

신청할 때 프랑스, 하와이, 독일 등 행선지를 고르는데, 우리는 이탈리아로.
첫 해외여행이 이탈리아 였어요.
그러셨 군요?

VR 속
사람이 가까워.

전방, 좌우 영상으로 이륙하는 느낌을 맛본 뒤 드디어 VR입니다.

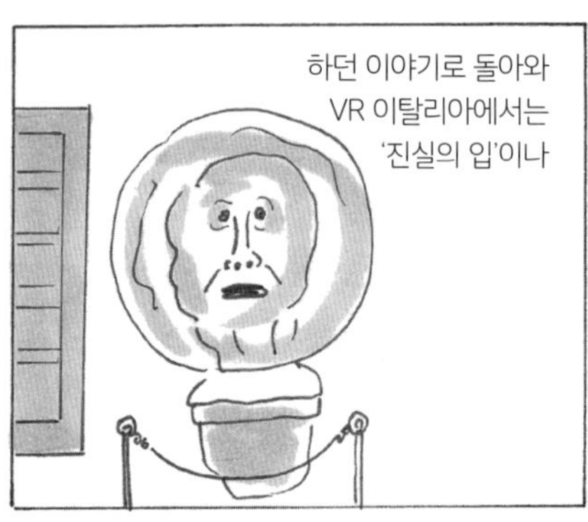
하던 이야기로 돌아와
VR 이탈리아에서는
'진실의 입'이나

VR에서 고개를 숙이면
후드를 쓴 촬영자가
언뜻 보여서

스페인광장
등을
방문한
기분이
들었는데

문득
히라노 게이치로 씨의
소설『본심』이
생각났어요.
앗!

36년 전에 열 여덟 살이던
저는 이곳을 진짜로
방문했으니까
그럼
두 번째
인가.

무대는 근미래, 주인공은
의뢰자의 지시에 따라
거리로 가서 그곳의 영상을
VR로 리얼하게 보여주죠.
리얼
아바타.

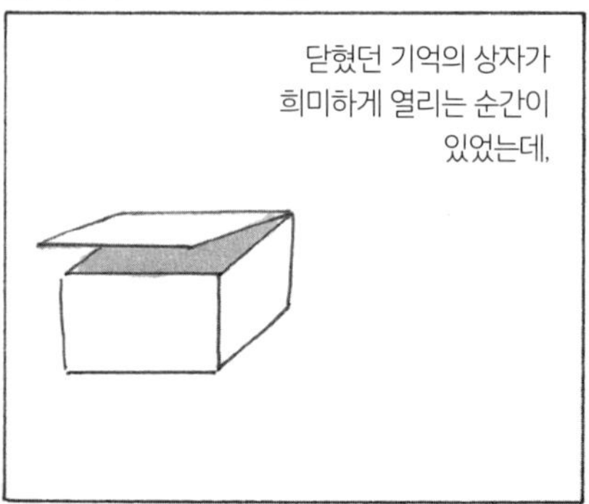
닫혔던 기억의 상자가
희미하게 열리는 순간이
있었는데,

VR
해외
여행
으로
소설 속
세계도
느낄 수
있어….

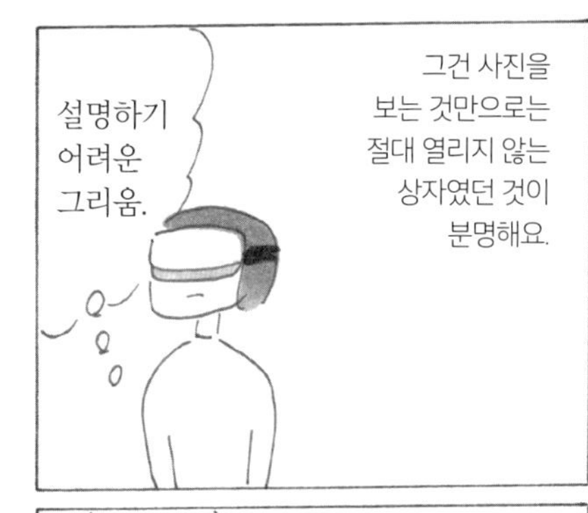
그건 사진을
보는 것만으로는
절대 열리지 않는
상자였던 것이
분명해요.
설명하기
어려운
그리움.

VR을 만끽한 다음은
기내식입니다.
음료는
어떻게
하시겠
어요?

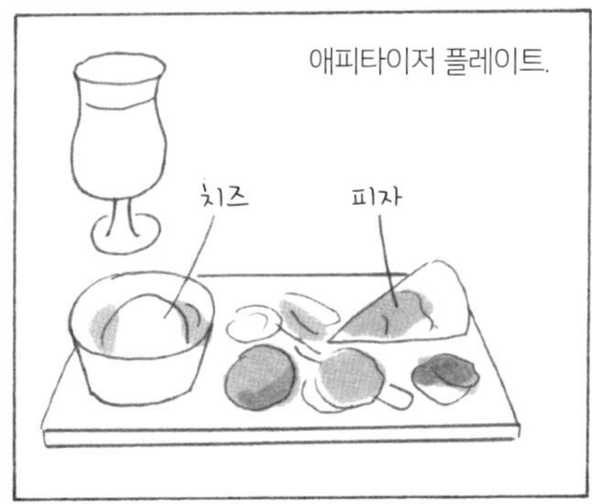
애피타이저 플레이트.
치즈
피자

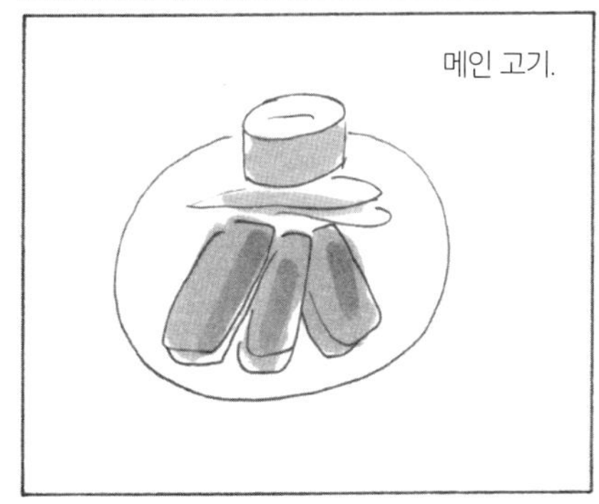
메인 고기.

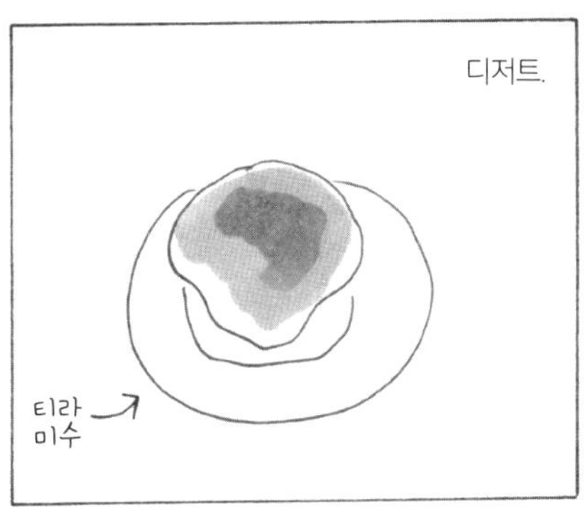
디저트.
티라
미수

양도 아주
넉넉하네요.
네.

두 시간 충분히 즐기는 하늘 여행,
한 사람당 6,580엔.

인생 최초의
퍼스트 클래스였습니다.
하
하
하

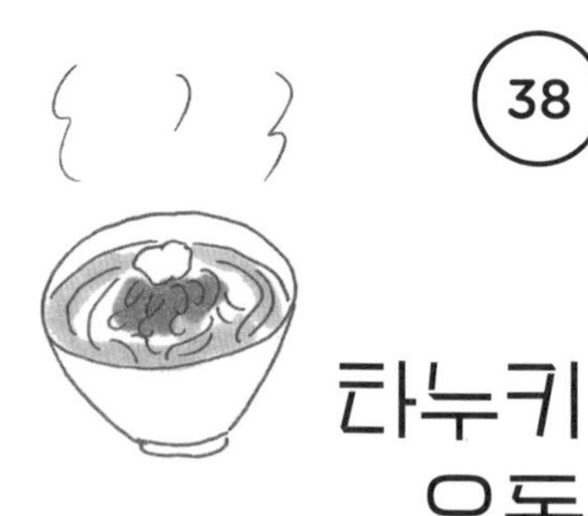

38 타누키 우동

교토에서 미팅.
교토역
안녕 하세요.
편집자

미리 씨, 런치로 드시고 싶은 거 있으세요?

있어요. 타누키 우동이요.

'도노다'의 타누키 우동을 한번 먹어보고 싶었어요.
거기 가보죠.

JR 교토역 하치조 출구에서 걸어서 몇 분….
응?

못 보고 지나쳐서 돌아왔습니다.
우동
여기 다.

분위기 좋네.

타누키
우동을
주문.
교토에 살지만
처음 와봤어요.
좋은
가게네요!

잡지에
실렸는데

사진을 보니까
진짜 너무 먹고
싶어서요.

나왔습니다.
타누키 우동.

오오,
맛있겠다.
저
안카케 좋아해요!

안카케 우동에
잘게 썬 유부와 파.
뜨거워~

맛있네요~
생강도 많아서
절묘해요~

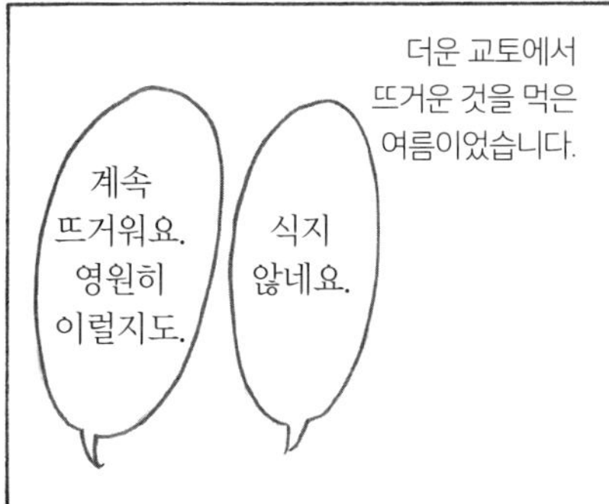
더운 교토에서
뜨거운 것을 먹은
여름이었습니다.
식지
않네요.
계속
뜨거워요.
영원히
이럴지도.

39

햄버거의 양식미

'처음 먹어본 햄버거'

라는 화제로 신나게 수다를 떨 수 있는 세대입니다.
버블 세대.

중년과 잡담할 만한 게 떠오르지 않는 청년은
어쩌면 좋지.

일단 이렇게 물어보면 대화를 이어갈 수 있을 겁니다.
저기,

런치로 분위기 좋은 카페에서 햄버거를 주문했습니다.

가격은 1,700엔이었습니다.
과연.

이렇게 마구마구
수다를 떨 테니까요….

햄버거는

이제부터
먹을
사람을
목격하기만
해도
오

조금
기뻐지지
않나요?
포
장.

아!
처음 먹어본
햄버거는
어디 거였어요?

저는 돔돔의
햄버거예요.

고향에
처음 생긴
햄버거
가게거든요.

거기에서
셰이크라는
음료의 존재를
알고

마음대로
공유하고
기분이
좋아져요.

햄버거는
독특해.
하
하
하

뭐라고
해야
하나.
햄버거의
저력?

카페의 햄버거가
나왔습니다.

입에서
벌써
햄버거
맛이
날까.
저 사람

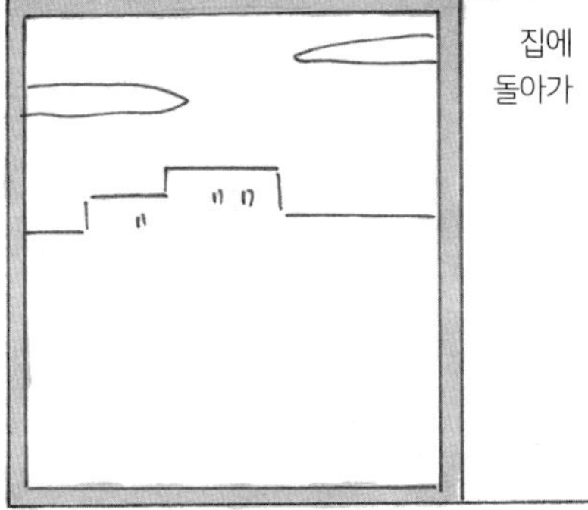
집에
돌아가

마음
편하게
먹는
햄버거.

그런
소소한
미래의
한때를

먹기.
뭐지 이건.
양식미?
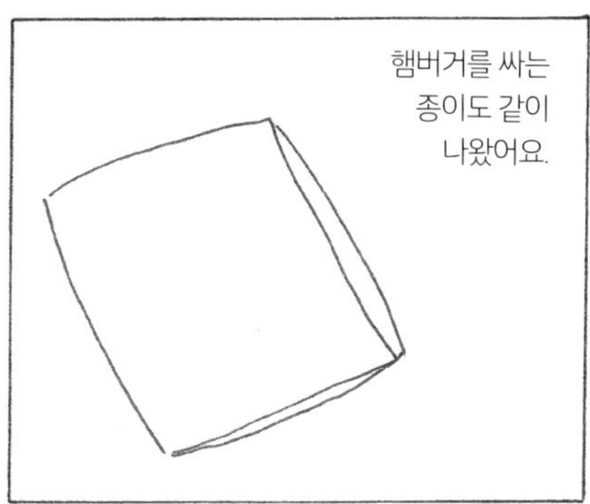
햄버거를 싸는
종이도 같이
나왔어요.

우물
멀리까지
왔구나.

꽂힌 꼬치를
빼고

돔돔의 햄버거가
햄버거의 전부
였던 시절에서.
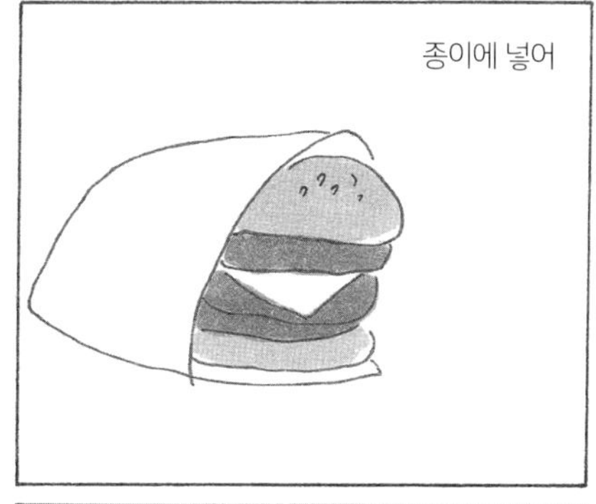
종이에 넣어

미래의 햄버거도 처음 한 입은
분명히 두근거리겠죠.
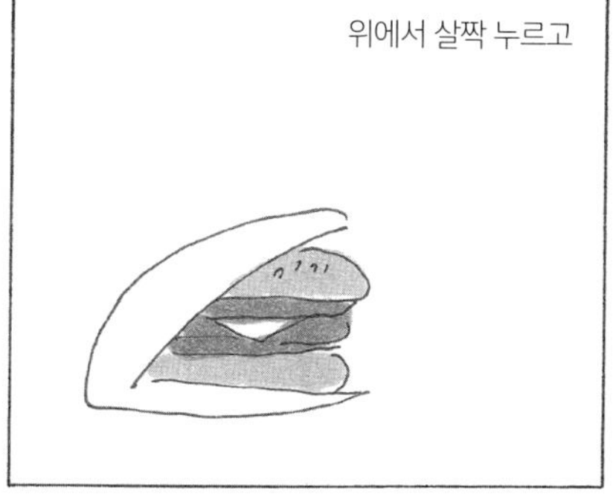
위에서 살짝 누르고

철판 나폴리탄 in 나고야

'나고야 명물 새우튀김'
'새우튀김 카레'
역시 나고야.

'안카케 스파게티'에도 마음이 흔들렸지만
텔레비전에서 본 적 있어. 궁금해~!

주문 하시겠어요?
철판 나폴리탄 부탁합니다.

기다리기를 몇 분.
오래 기다리셨습니다.
오오!

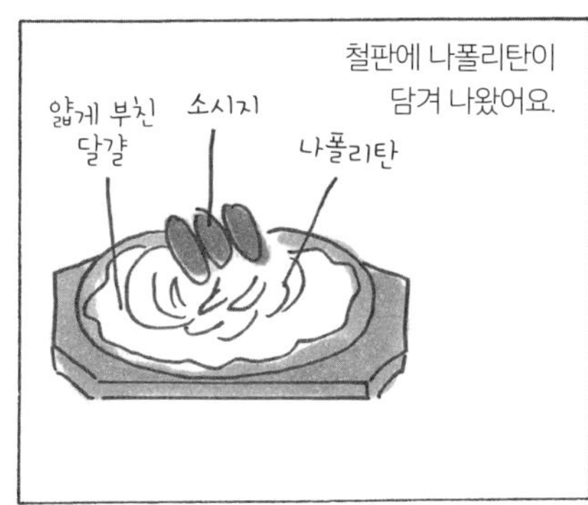
철판에 나폴리탄이 담겨 나왔어요.
얇게 부친 달걀
소시지
나폴리탄

이 달걀이 재미있지.
응
응

보는 것만큼 맛있었고
케첩의 단맛과 쫄깃쫄깃한 면.

다 먹었을 때 철판을 살짝 만졌더니 마지막까지 뜨끈뜨끈했어요.
뜨거워!

41

호텔 뉴 오타니 런치 뷔페

저기
구나.
호~

호텔 뉴 오타니(도쿄)
VIEW & DINING
THE SKY의
런치 뷔페에.
17층에
도착.

원형
플로어이고,
창가를 따라
자리가
있습니다.

그래서 자리에 따라서는
빙 돌아야만 요리 코너까지
갈 수 있습니다만
머네.
도는
자리였다

다른 사람이 뭘 먹는지
볼 수 있어서
재미있었습니다.
저 사람은
초밥
잔뜩!

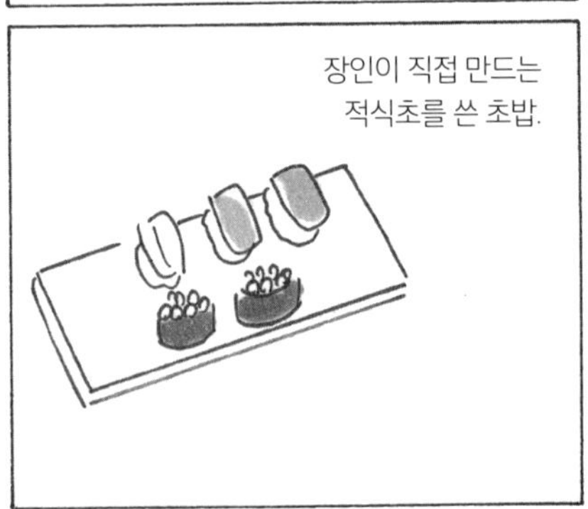
장인이 직접 만드는
적식초를 쓴 초밥.

지금 막
튀긴 튀김.

호텔 뉴 오타니라면….
슈퍼 멜론
쇼트케이크!

한 조각에 2,000엔에
가까운 쇼트케이크가
미니 사이즈로
있었습니다.

몇 개를
먹으면
쇼트케이크
사이즈일까?

푸른 하늘을
바라보며
맛보았습니다.
상쾌해~

마음에 쏙 들어서
추가한 것은….
양념으로
주세요.

구운 소고기
샤브샤브였습니다.
달콤
하고

부드
럽고
맛있어!

사실은 더 추가해서
먹고 싶었지만
그래도

42

마이센 본점에서 뭘 먹지?

그 열
선두에
우리가
있었습니다.
인기가
대단
해요!
일찌
감치
오길 잘
했어요.

담당 교체로 처음
인사한 편집자는
입사 2년 차.
처음
뵙겠습니다.
23세

코로나 시기에
취업 활동을
한 세대입니다.
마이센
앞에서
인사.

자, 입점.
첫 주자.

'돈가스 마이센 아오야마
본점'에서 런치.

오픈 전에
이미 긴 행렬.

넓은 홀
한가운데
자리로
안내받았습니다.
오오오

원래
목욕탕이었던
건물을
리모델링한
가게는

마치 클래식
호텔 같아요….
몇 번을 와도
압도된다.

요리가 나오기
전까지
잠깐 환담.
저는 마이센에
처음 와요.

졸업여행 때
번지점프를
했어요.
와~
와~

저는 문득
이런 생각을 했습니다.
무서
웠어
요?
와

이 사람들이 지금
내 감정을 알게 되는 건

30년
뒤겠
구나.

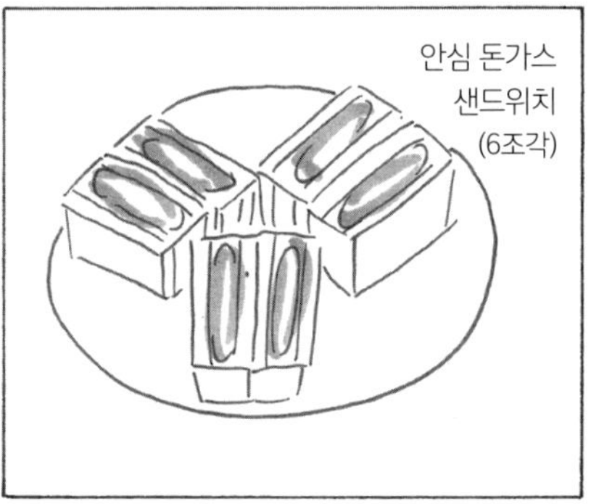

* 차미돈은 일본의 돼지고기 브랜드.

* 일본어로 '기름에 튀기다'를 **揚げる**라고 쓴다.

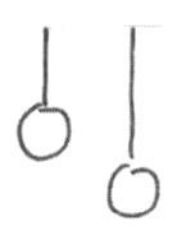

43 도라야에서 런치

* 밥에 재료를 섞는 요리로, 나뭇잎이나 열매가 늦가을 바람에 날려 한데 모인 모습을 본떴다.

* 삶은 완두콩에 과일과 한천을 주사위 모양으로 썰어 넣고 팥소를 얹어 먹는 파르페 같은 디저트.

마무리하며

내일
런치로
뭘
먹을까?

작가 소개

마스다 미리 益田ミリ

1969년 오사카에서 태어났다. 일러스트레이터이자 에세이스트다. 진솔함과 담백한 위트로 진한 감동을 준 만화 「수짱」 시리즈가 수많은 여성들의 공감을 얻으며 베스트셀러가 되었다. 이후 「평균 연령 60세 사와무라 씨 댁」 시리즈와 같은 가족 만화와 여행 및 일상 에세이 등으로 활동 반경을 넓히며 폭넓은 독자들의 사랑을 받는 작가로 자리매김했다.
그 외 주요 작품으로는 『세계 방방곡곡 여행 일기』, 『매일 이곳이 좋아집니다』, 『혼자 여행을 다녀왔습니다』, 『사소한 것들이 신경 쓰입니다』, 『행복은 이어달리기』, 『그런 날도 있다』, 『오늘의 인생』 등의 에세이가 있고, 『걱정 마, 잘될 거야』, 『미우라 씨의 친구』, 『치에코 씨의 소소한 행복』, 『차의 시간』, 『코하루 일기』 등의 만화와, 일러스트레이터 히라사와 잇페이가 함께한 2컷 만화 『오늘의 갓짱』, 그림책 『빨리빨리라고 말하지 마세요』, 『나의 자전거』 등이 있다.

런치의 시간

초판 1쇄 2024년 5월 30일
초판 3쇄 2025년 1월 20일

지은이 마스다 미리
옮긴이 이소담
펴낸이 이나영
펴낸곳 북포레스트
출판등록 제406-2018-000143호
전화 031-941-1333 | 팩스 031-941-1335
메일 bookforest_@naver.com
인스타그램 @_bookforest_
ISBN 979-11-92025-17-9 03830

맛있어~